ハルと歩いた

西田俊也 作

ハルと歩いた

1

佐久良陽太《さくらようた》は、小学校の校舎から少しはなれた古い洗面所《せんめんじょ》のなかで、鏡に映った顔をじっと見ていた。

三月というのに春は足ぶみをしているのか、陽太の吐《は》く息で、鏡は白くくもった。

うしろから、男の太くてごつい声がひびいた。

「なんや、こんなところにまだおるんかいな」

かりあげカットのごま塩頭の先生が、洗面所の外に立っていた。

「じろじろと鏡を見てるけど、卒業式に出るんで、おめかしでもしてるんか？」

陽太はおどろき、首を左右にふった。

「早いことせんと、もうすぐ式が始まるよ」

先生に頭を下げると、卒業式のおこなわれる体育館へ走った。

陽太は小学校一年のとき、卒業していく六年生の胸《むね》に、花飾りをつけた。そのときは、六年生がものすごく大人に思え、自分に卒業の日がくるのは、ずっと先のように感じた。

でも、その日がついにきたというのに、卒業する実感がまるでわかない。

六年間ずっと同じ小学校に通っていたら、ちがっていたのだろうか。一年前の春に陽太は、東《とう》京《きょう》から奈良《なら》に引越《ひっこ》してきた。

転校先の奈良のこの小学校では、友だちと呼べるような友だちはひとりもできなかった。陽太の標準語のアクセントをからかって笑うやつがいたりしたこともあって、クラスの子とうちとけられなかったからだ。

陽太はもともと口数が少なく、引っこみがちの、気の弱い性格だったから、東京にいたころも友だちがたくさんいたほうではなかったけれど。

奈良の小学校は、陽太の母さんの出身校でもあった。といっても、陽太が二歳《さい》になるまえに病気で亡《な》くなったから、母さんのことはよく知らなかった。

陽太の大きな目は、母ゆずりだとよくいわれるが、母さんの写真を見てもぴんとこない。

でも、母さんが小学校に入学した日に、校門でとった写真を見たときは、自分かと思いそうになるほどよく似ていて、びっくりした。

胸につけた名札に、もとみやきょうこ、と母さんの結婚《けっこん》するまえの名前が書かれているのがはっきりと読めた。

母さんが生まれたばかりの陽太をだいている写真を見ても、それまでは、自分の母さんだという感じはあまりしなかった。けれど、その小学校の入学式の写真を見たときには、自分とのつながりを感じ、母さんがここにいる、と初めて思ったのだった。

東京をはなれ、奈良の小学校に転校することになる、と父さんのナオにいわれたとき、陽太はあの写真の場所に自分も立つのか、と、不思議な感じがした。

でもきてみると、校門だけがそのままで、母さんのうしろにあった校舎はきれいになくなり、ガラスばりのモダンな新しい建物に変わっていて、がっかりした。

昭和のころに建ったという、写真のなかの校舎は、もう写真のなかにしかなかった。

けれども校舎のはずれに、ぽつんとおき忘《わす》れられたようにあるニワトリ小屋と、その近くの洗《せん》面所《めんじょ》は、母さんが使っていたころと同じだった。そのことをあとで知ったときは、うれしかった。

陽太がその洗面所の鏡のまえに立っていたのは、母さんのことを思い出したからではない。急におしっこがしたくなったから、駆《か》けこんだだけのことだ。

ただ、古い鏡に映る自分を見たとき、小学生だった母さんもここで鏡を見たりしたのかなと、つい立ち止まり、もの思いにふけってしまった。

体育館は、卒業生の親たちも出席しているため、いつもとはちがうあまいような匂《にお》いと、むっとする熱気に包まれていた。

校長先生や来賓《らいひん》の人たちの話は、どれもたいくつだった。

同窓会《どうそうかい》会長である、校舎をデザインした有名建築家の話は、とくに長かった。蝶《ちょう》ネクタイをしたひげの建築家は、

「きみたちの住む奈良《なら》は、日本の故郷《こきょう》です。つまり、始まりというわけですね。川の源流《げんりゅう》です。そこで育って旅立つきみたちは、美しい空気と自然と豊かな知識をもとに、明日の未来の日本を作る力とならなければいけません」と、大きな声でいった。

陽太は、

「奈良は、日本の故郷というよりも、鹿《しか》の住むどいなかです。そこで育つぼくたちは、鹿のフンをふみつけ、靴《くつ》の裏をどんどんよごさなければいけません」と心のなかでいって、笑った。

この建築家のことは、母さんが通ったころの校舎をこわした犯人だという気がして、好きになれなかった。

でも、その人が同じクラスの川島久留實《かわしまくるみ》さんのお父さんだと知ると、複雑《ふくざつ》な気もちになった。

川島さんは小さいころからバレエをやっていたせいか、手足がすらりとのびて、スタイルがよかった。目はつぶらで、鼻は小さく形もいい。口は笑うとちょっと大きいけれど、閉《と》じると小さ

い。だから、笑うとまた、べつの女の子がそこにあらわれる感じもして、陽太はすっかり心をうばわれた。

初めて今のクラスで転入のあいさつをしたとき、みんなの顔が同じに見えて、だれがだれなのかよくわからなかった。けど、川島さんだけはひときわ輝《かがや》いていた。

川島さんは、陽太をじっと熱いまなざしで見ていた。陽太がはずかしさのあまり目をそらそうとすると、川島さんの口のはしがわずかに上がり、ほほえみに変わった。深いえくぼが、陽太に話しかけるようにきざまれた。

あの子はぼくのことを好きなのかも、と思った陽太は、あいさつの言葉も、先生とのやりとりもうまくできなくなり、みんながげらげらと笑いだした。でも、川島さんはいっしょに笑ったりしなかった。

川島さんのことを思っている男子は、ほかにもいるようだった。

川島さんはあの日以来、陽太を見てほほえんでくれることはなかった。陽太を見ているのが男子のあいだで話題になったら、陽太が反感を買い、イジメにあってしまうと思って、見ないようにしているのかも……。

陽太ももうそれほど子どもではないから、それは自分勝手な妄想《もうそう》だ、ということくらいわかった。

だけど、川島さんが自分のことをどう思っているにしろ、あの子が同じクラスにいなければ、学校にいくのが、ずっとつまらなかったはずだ。

いつかまたあのときのように、川島さんが笑ってくれるかもしれないと思い、陽太はどんな日でもがんばって、小学校に向かった。

目立たず無口な陽太が、川島さんと仲よくなれそうな機会はめったになかった。

だから、あの雨の日の放課後は、二度とないかもしれないチャンスだったのだ。

傘《かさ》を持っていないらしい川島さんに、陽太は傘を貸してあげようとした。

転校してきたあの日以来、目もちゃんと見られないのだから、口もほとんどきいたことはない。

ふたりきりの教室は、このときを逃《のが》したら、もう二度とないかもしれなかった。

勇気をふるいおこして、陽太はいった。

「二本あるから、ぼくの傘を使ってよ」

だが次の日、黒板の下に、傘は陽太がおいたまま、ぽつんと立てかけられていた。川島さんは使わなかったらしい。陽太は目のまえがまっ暗になった。

傘が二本あるなんて、ウソだった。ずぶぬれになって帰ったのだ。

川島さんは陽太に何もいわなかった。

それからしばらくたったある日、掃除《そうじ》のとき、陽太はバレエで使う髪《かみ》どめのシニヨンが落ちているのを見つけた。クラスでバレエをやっているのは、川島さんだけだ。それが髪どめだとわかったのも、川島さんが持っているのを見たことがあったからだった。でも陽太はそれを返さずに、ゴミ箱に捨てた。

どうしてあんなことをしたのかと、あとからくやんだけど、そのときはそうすることしかできなかった。傘《かさ》を使ってくれなかったからといって、そんなことをしていい理由は何ひとつなかったのに……。

そのとき、川島さんのお父さんが、ステージの上から陽太のほうに目を向けた。

陽太は一年生がつけてくれた胸《むね》の花をわざと落とし、拾うふりをして、うしろを見た。川島さんのすわるはずの席は、あいたままだ。

どうしてこないんだろう?

川島さんは、陽太の落ちた私立中学に合格していた。今日こそ謝《あやま》ろうと思って、新しいシニヨンを買って持ってきたのに、もう会うこともなくなってしまう。

蝶《ちょう》ネクタイオヤジのほうが休めばよかったのに。

卒業証書を受けとると、生徒たちはうしろにすわる親のほうを見て、うれしそうに笑った。証書をまるめて望遠鏡みたいにして、親を見ている生徒もいた。

陽太は見る相手がいなかった。陽太のたったひとりの親、父の佐久良直弥《さくらなおや》も、仕事を休んで出席してくれるはずだった。だが、以前の仕事場の知り合いから連絡《れんらく》がきて、この日、急に東京にいかなければならなくなったのだ。

陽太は父を、「父さん」と呼《よ》ぶことはほとんどなく、名前から「ナオ」と呼んでいた。小さいときからそう呼んでいたのか、近くに住んでいた父方《ちちかた》のおじいちゃんとおばあちゃんが、「ナオ」と呼んでいたので、いつのまにかまねするようになったのか、わからない。

そのナオが、東京のつとめ先を突然《とつぜん》やめて、母さんの故郷《こきょう》の奈良《なら》に移り住むことに決めた。おじいちゃんとおばあちゃんは、息子と孫が遠くにいってしまうとさびしい、といって、あまり賛成じゃないようだったが、ナオの転居の決意はかたかった。

でも、ナオの思うようにはいかなかった。奈良での新しいつとめ先が、いっこうに決まらなかったのだ。ナオはいまも、時間の不規則なアルバイトの仕事をしている。

陽太は奈良への転校に反対はしなかった。住みなれた町や、何人かの友だちと別れるのはイヤだったけど、母さんが育った場所へのばくぜんとしたあこがれもあったし、奈良という、歴史のある町に興味もあったからだ。

まわりの大人たちは、陽太が、母の故郷の奈良へ引越《ひっこ》す、というと、とてもいいところだよ、とはげましてくれた。テレビや駅のポスターなどで見る奈良は、緑が豊かで、歴史のあるお寺がたくさんある、美しく静かな町のようだった。青い芝生《しばふ》の広がる公園に、はなし飼いにされた鹿《しか》のむれが歩いているのを見ると、わくわくした。ほんとうの日本というのは、東京のような都会ではなく、奈良のようなところだ、という人もいた。

でも実際に暮《く》らし始めてみると、奈良は古ぼけた背《せ》の低いビルと、人通りの少ない商店街しかない、しょぼい、いなか町だった。

公園には黒い小さな粒《つぶ》の鹿《しか》のフンが、よけてもよけてもよけきれないほどたくさん落ちていた。美しいのは、足もとを見ないときだけだ。

町が静かなのは、昼間はほとんどの人がとなりの都会、大阪《おおさか》へつとめに出て、人がめっきり少なくなるからだった。

ナオが今日東京へ行ったのは、再就職《さいしゅうしょく》のさそいを受けたからだった。ナオも、奈良という町にがっかりしたのかもしれない。

陽太がRPG《アールピージー》をやっているとき、うまくいかなくなってほかのゲームに目うつりしたりすると、もっとねばっていろいろとためすように、とナオはいう。

じゃ、親のほうはたった一年で奈良をはなれて、また東京にもどっていいわけ？　と陽太はちょっといいたくなる。

東京にいたときの友だちは、手紙を書くよ、といっていたのに、一度もよこさなかった。きっと受験でいそがしくて、それどころじゃなかったのかもしれないけど。陽太のほうも、手紙を書きはしなかった。

東京にもどっても、以前と同じ感じにもどれるのかどうかはわからない。でも、どうしてもここにいたい、という気もちもなかった。

川島さんは式が終わったあとも、教室にあらわれなかった。先生はそのことについてはひとこともふれなかったし、クラスの子たちもはしゃいでいて、話題にするようすはなかった。

川島さんがこないと最初からわかってたら、ぼくもナオにくっついて東京へいったのに。

陽太は大きなため息をつくと、ひとりで教室から出た。この教室にくるのも今日で終わりだと思っても、さびしさはなかった。

さっさと校門を出ていくつもりだったけど、ふとニワトリの鳴き声が聞こえた気がした。だが、校舎のはずれのニワトリ小屋はからっぽのはずだ。陽太が転校してくるまえに、死んでしまったらしい。新しいニワトリがきたといううわさも聞かない。

陽太は気になり、小屋に向かった。おりのなかには、やっぱりニワトリも何もいなかった。

ニワトリ小屋の近くの古い洗面所《せんめんじょ》にもう一度いき、鏡のまえに立ってみた。

卒業証書の入った筒《つつ》を持つ自分の姿《すがた》が映った。

幼《おさな》かったころ、卒業証書の筒で遊んだことがあった。ふたを開けると、ポンと音が鳴るのがうれしくて、買ってもらったおもちゃよりも気に入っていたらしい。

それが証書を入れる容器だと知ったときには、もう遊ぶような年ごろではなかった。容器にはどこされた、でこぼこの、ちょっと古風な感じのする装飾《そうしょく》にふれると、大人の匂《にお》いを感じた。陽太は鏡に向かい、筒を開けて音を鳴らした。ちょっとマヌケでおかしな音だと思っていたのが、いまは卒業を祝ってくれる音のように聞こえる。

陽太はほほえみ、さよなら、と鏡に向かってつぶやいた。

「きょうこ」という名の、この小学校を卒業した少女のことが頭をよぎった。

空はどんよりとくもっていて、風が吹《ふ》くと少し寒かった。

ナオはきのうの夜、お金をチャージしたショッピングモールのカードを陽太にわたして、好きなものを買っていい、といってくれていた。学校を出て、モールいきのバス乗り場に向かった。

受験のまえ、放課後は、モールにある塾《じゅく》に通っていた。奈良《なら》の町はずれにあるモールは、バスか車でなければいけないほど遠かった。

東京から奈良へ越《こ》してきたときは、京都まで新幹線に乗った。新幹線の窓《まど》から見える景色《けしき》のなかに、モールがいくつもあるのが見えた。

どのモールの建物も、やたらと長くて大きくて、色はカラフルで、まわりの景色から浮《う》きあがっていた。新幹線の窓の向こうに、そんなヘンなものをいくつも見た陽太は、これからいく場所に不安な気もちを持ってしまった。

でも、モールにひとたび入ってみると、たくさんの店があり、スーパーマーケットも、映画館《えいがかん》も、ゲームセンターも、レストランも、フードコートもあって、外の風景とは別世界だった。モールにいると、東京で暮《く》らしていたときの気もちを思い出した。だが外に出ると、都会とは別世界の空き地や畑が広がる景色があらわれて、夢からさめるような気がした。

停留所《ていりゅうじょ》に並《なら》んでいる人のなかには、卒業式を終えた生徒と、その保護者の姿《すがた》もあった。きっと卒業祝いに、モールで買いものをし、お昼ごはんを食べるのだ。

「スプリング・ハズ・カム！」と停留所から大きな声が聞こえた。みんなが楽しそうに笑った。

「春がきた」なんて、英語でいって、浮《う》かれている。中学になれば英語をちゃんとならうから、先取りしているつもりなんだろうか。春がくるのも、中学も、ちっともうれしくない。

陽太は停留所へ向かうのをやめて、まわれ右をした。

「さくらー」という声がうしろから聞こえた。

陽太を呼《よ》んでいるのかもしれない。でも、ふりむかなかった。

人通りは少なかった。ときどき、自転車で通りすぎる人や、買いもの帰りの人がいるだけだ。どこへいくのか、みんな急いでいる。

いきたいところは思いつかなかった。モールいきの送迎《そうげい》バスとすれちがうと、乗ればよかった、と陽太は後悔《こうかい》した。

次に送迎バスの停留所があったら乗ろうか。

陽太の父、ナオは、東京の大学に入るまでは、千葉《ちば》で育った。子どものころはまだ、モールはなかったけれど、モールの「モ」くらいの大きなスーパーマーケットはあり、そのなかにあるゲームセンターにいったり、フードコートでハンバーガーを食べたりした、という。

でも、母さんが子どもだったころの奈良《なら》には、「モ」すらなかったかも、とナオはいっていた。

「モ」さえない町で子ども時代をすごしたなんて、いったいどんなことをしていたんだろう、と陽太はそのとき思った。

送迎バスの停留所は、なかなか見つからなかった。大通りに出れば、見つかるだろう。近道しようとわき道に入ったら、車一台とすれちがうのもむずかしいような、せまい道だった。

両わきには、小さな家が立ちならんでいる。

どこかの家からテレビの音が聞こえてきた。窓《まど》はしっかりと閉《し》まっているのに。よほど大きな音で見ているのだろう。NHK《エヌエイチケイ》のアナウンサーのような、まじめな口調《くちょう》の声がした。

小さな家は、屋根がつながっている長屋《ながや》だった。表には小さな鉢植《はちう》えが並《なら》んでいたけど、ほとんどがかれていた。

家のポストもさびついていたり、古いチラシがつっこまれたまま雨《あま》ざらしになっていたり、ぼろぼろだ。

よごれた換気扇《かんきせん》が、大きな音をたててまわり、食べものの匂《にお》いがした。醤油《しょうゆ》と油がこげるような匂いに気もち悪くなった陽太は、息を止めて足早に通りすぎようとした。

そのとき、小窓《こまど》がガラッと開《あ》いた。

「ミーちゃん？　ミーちゃんか？」

おばあさんのしゃがれた高い声が聞こえた。よごれたあみ戸ごしに、しわしわの白い手が見えた。陽太の足音を、だれかとかんちがいしたのだろうか。

どこからか、やせた三毛猫《みけねこ》が飛びだしてきた。

ぶつかりそうになった陽太は、おどろいて立ち止まった。猫は陽太の足のあいだをすりぬけると、かれた植木の鉢《はち》をふみ台にしてへいに飛びあがり、あっというまに見えなくなった。

なんだかこわくなり、ふり切るように走りだし、早く広い道に出ようと夢中で進むと、川べりの土手が目のまえにあらわれた。階段《かいだん》をけって、土手の上にのびる道に息を切らして立った。

川の向こうに高架《こうか》道路が走っている。モールに向かうときにバスで通る、広いバイパス国道だ。バスの窓からこのへんを見た記憶《きおく》はないけど、知らない場所ではないと思うと、ちょっとほっとした。

おじいさんが手に缶《かん》コーヒーを持って、藤棚《ふじだな》の下にあるベンチにすわっていた。陽太を見て、軽くほほえんだ。

知らない人だ。話しかけられたくなかったから、川のほうに視線《しせん》をそらして、ちょっと歩いた。

ふりむいて見ると、おじいさんの姿《すがた》はもうなく、コーヒーの小さな缶だけがベンチに残っていた。

気になったので、もどっていき、近くのゴミ箱に捨《す》てようと持ちあげたが、ゴミ箱が見あたらない。おじいさんの飲みさしの缶コーヒーなんか持ったまま、歩きたくない。

なんで手にとっちゃったりしたのか……。

川の幅《はば》は五メートルほどで、水の流れは弱く、水量も多くはない。水は底が見えるほどすんでいて、ゴミはほとんどない。

おじいさんがいたベンチにとりあえずすわり、缶コーヒーをそっとまたおいた。

土手ぞいの道に桜の木が並《なら》んでいた。つぼみはまだかたそうだ。

去年転校してきたとき、桜の季節に佐久良《さくら》がきた、とクラスの子たちが笑った。「さくら」という姓《せい》をからかわれることには、なれていたが、やっぱりいい気もちはしなかった。

名字《みょうじ》のせいか、桜はあまり好きにはなれなかった。桜が咲《さ》くと、みんなが集まり、どんちゃんさわいだりするのは、見ていてうっとうしかった。

咲いてないときだって桜はちゃんとあるんだから、ほかのときにも注目すればいいだろう、といいたくなった。咲《さ》いてないおまえだって、悪くないよな、と陽太は桜のつぼみを見あげた。

「おい、桜はまだだよ」

だれかが親しげに話しかけてきた。関西弁ではなく、標準語のアクセントだ。

ずたぼろの服を何枚《なんまい》も重ね着したホームレスの男だ。ものすごくおじいさんのようにも見えれば、もっと若《わか》いようにも見える。腰《こし》にひもをぶらさげていて、その先に何かがつないである。

陽太はベンチから立ちあがろうとした。すると、

「ちょっと見ててくれないか」

ホームレスが腰から二本のひもをはずすと、陽太の手にひょいとわたした。ひもの先には、男と同じように長くてもつれた毛をした小さな犬と、黒いブタがつながれていた。

「しっかり持っててくれよな」

ホームレスは土手から川に下りると、タオルを水にひたしてしぼり、顔をふいた。

「ひゃーっ、冷《つめ》てー」

犬は、ホームレスの着ている服に負けないほどよごれていた。陽太を見て、しっぽをゆっくりとひかえめにふっている。ホームレスはやせているけど、犬のほうは太っている。

もう一方のブタは、川にいるホームレスのほうに鼻を向けて、ブブブ、と音をたてていた。

体毛は短くて黒い。両足はひどく短いけど、太くて、たくましい筋肉《きんにく》がついていた。おしりに

だんごみたいな毛玉があるだけで、しっぽは見あたらない。

陽太の視線《しせん》に気づいたのか、ふりむくとこっちを見あげて、ブウーッと豪快《ごうかい》に鼻を鳴らした。

鼻は短く、顔のまんなかにうずもれているように見える。大きな目とたれたほほのあいだには、三本のしわがあった。ウサギのようにも猫《ねこ》のようにも見える三角の耳は、ぴんとまっすぐのびていた。

……ブタじゃない。こっちも犬なんだ。

「フレンチブルドッグだよ。ブタだと思ったんだろ？　ごまかさなくてもいいさ。ときどきまちがわれるんだ。デブの猫《ねこ》とまちがう人もいるけどね。犬だとはなかなか思ってもらえない。オレがつれて歩いてるから、ブタだと思うのかもな。食うんじゃないか、ってさ」

ホームレスは自分の顔をふいたタオルで、黒いフレンチブルドッグの顔をふいた。

犬はふかれるのをいやがって、ブウブウと鼻を鳴らしながら、まるい顔を動かしている。タオルはみるみるうちに黒くなった。

ホームレスは陽太の手から二本のひもを受けとり、フレンチブルドッグをつないでいるほうのひもを、もう一度わたしてよこした。

「おまえにやるよ、そいつ。だいてると、湯たんぽがわりになっていいぞ」

陽太は、やるよ、といわれておどろいた。聞きちがいだろうか。

ホームレスは卒業証書の入った筒《つつ》を見て笑った。

「卒業したのか？　でも、ちっともめでたそうな顔じゃないな。しけた顔してるぜ」そして続けた。「よし、決めた。ほんとうに、おまえにこいつをやる」

ホームレスはフレンチブルドッグをひょいとだくと、陽太の腕《うで》にあずけた。

見かけよりもずっと重い。陽太は思わず、よろけた。フレンチブルドッグはあばれたりせず、陽太の腕のなかでじっとおとなしくしている。

犬をだいたのは初めてだった。動物をだいたのだって、初めてといっていい。

ホームレスのいうとおり、ほっこりとあたたかかった。おなかのあたりの毛の少ないところをさわると、ぷにゅぷにゅとやわらかい。

「なっ、とってもいいもんだろうが」ホームレスはうれしそうに笑った。

「あ、はい」陽太は思わず答えた。

「あのな、犬にとって、ホームレスほどいい飼い主はいないんだってさ。寝《ね》てるときも起きてるときも、四六時中《しろくじちゅう》いっしょにいられるだろ。食べるものだって同じだし。これがもし、かわいいあのコだったりしたら、あれが食べたい、あの服買って、どこかいいとこにつれてって、とかなるだろうけど、犬は頭をなでてやったり、いっしょに遊んでやったり、そのへんを歩いてやるだけで大満足なんだ。だから、おまえにやる」

「えっ？　……だからやる、って……」

「だっておまえ、明日から春休みだろ」

春休みとどういう関係があるのか、わからない。

「やる、というのはちょっとちがうな。あのな、そいつの飼い主を捜《さが》してやってくれ、ってこと
「なんだ」

はあ？　陽太は思わず、一歩あとずさった。

「そいつ、迷《まよ》い犬なんだよ。生まれたばかりの子猫《こねこ》なら、ときどき川べりに捨《す》てたりするやつがいるけど、こいつは子犬じゃない。だれかに捨てられたわけじゃないと思う。どこかの家で飼われていたのが、何かのひょうしに外に出て、うろうろしているうちに帰り道がわからなくなったんだろう。かわいそうに」

ホームレスは手をのばし、フレンチブルドッグのしわの多いほほをなでた。

「このへんの家にいたんじゃないかと、久しぶりにつれてきて歩いてみたんだけど、はり紙もないし、犬を捜してるってうわさも聞こえてこない。もっと遠くから迷ってきたのかもしれないが……。何か手がかりになるものでもあればいいけど、首輪もしてなかったからな。いまつけてるのは、オレがゴミ捨て場で拾《ひろ》った首輪だ」

ところどころ傷《きず》がついているけど、ピンク色のりっぱな革《かわ》の首輪をしている。

「オレがもう少しめんどう見てやってもいいんだけど、ジェシカちゃんだけでせいいっぱいなんだ。世の中、不況《ふきょう》でね。ホームレスもたいへんなんだよ。あ、ジェシカちゃんは迷い犬じゃないぞ。先輩《せんぱい》のホームレスからあずかったんだ。まあ、もとは迷い犬だったのかもしれないし、わからないがな。なにしろ、先輩は死んじまったから。おきみやげみたいなもんだな。はっはっ」

ホームレスはぼろぼろのモップのような、自分に似ているほうの犬をだきあげて笑い、フレンチブルドッグに声をかけた。

「おい、お別れだ。短いあいだだったけど、楽しかったな。まあ、安心しろよ、ブル。この子がおまえの家を見つけてくれるから」

「えっ、えっ、ちょっと、ちょっと待ってください」

「捜《さが》してやってくれよ。こいつのこと、かわいそうだと思わないのか？」

陽太はフレンチブルドッグをだいたまま、その頭を見た。陽太の息がかかったのか、フレンチブルドッグは三角の耳をぶるぶるっと、くすぐったそうにふるわせた。

「犬を飼ったことは？」

陽太は首を横にふった。

「ほーっ。でも、だき方がめっちゃうまいやん」ホームレスはヘンな関西弁でいった。

「そんなことあり……」

「いや、うまいよ。ヘンなだき方をされたら、犬はいやがるもんだ。ぜんぜん逃《に》げようとしないのは、だかれ心地《ごこち》がいいからだ。ぼくはあんがいスジがいいのかもしれないぞ」

おせじかもしれないけど、悪い気はしなかった。

陽太は犬の前足の下に右腕《みぎうで》を入れ、おしりを左手で持ち、背中《せなか》を、つきだしたおなかで支えていた。犬は陽太の体にすっぽりおさまるみたいに、体をあずけていた。

「ぼくは飼ったことないけど……母さんが……飼ってました」

「そりゃよかった。帰ったら、いろいろと聞いてみるといい」

「でも、死んだんで……犬も、それから母さんも、ずっと昔に……」

母さんが八歳《さい》のときに書いた作文を、読んだことがあった。「もとみやきょうこ」という名前を見たのは、入学式の写真以来、二度目のことだった。母さんが自分で書いた字ではなくて、活字だった。優秀《ゆうしゅう》ということで校内の文集に選ばれていたからだ。

飼っていた犬の死のことを書いた作文だった。そこには、犬は病気で死んだと書いてあったけど、ほんとうはそうではない。近くの駐車場《ちゅうしゃじょう》で車にひかれたのだ。それも、二度以上ひかれた跡《あと》が残るむごいようすだったと、親戚《しんせき》の人がいっていた。家にくさりでつながれていた犬が、なぜはなれた場所にある駐車場でひかれたのかわからない。だれかにつれていかれたのかもしれない、と。

母さんも犬も、母さんの両親も、だれかにうらまれていたようすはなかったらしい。だから、理由もだれがやったのかも、わからないままになったという。

「……そりゃ、あれだな。……いや、悪かったな」

ホームレスはやけに気まずそうに謝《あやま》ると、陽太の手からフレンチブルドッグを受けとろうとした。

陽太は、はなしたくなくて、とっさに犬を引きよせた。

「なんだよ、いいのか?」

いいわけはなかった。ナオのつごうで、また東京に引越《ひっこ》すことになるかもしれないのに。自分でも、なぜそうしたのかわからない。

「よし、だったら、これをやろう」

ホームレスはゴミぶくろのように見えるカバンから、ドッグフードの小さなふくろをとりだした。

「拾ったんじゃないぞ。こいつはジェシカちゃんとちがって、うちでいいものを食っていたかもしれないと思って、買ってやったんだ。よし、それじゃ、最後かもしれないから、だかせてくれ」

ホームレスは陽太の手からフレンチブルドッグを受けとり、額《ひたい》に鼻をくっつけた。

犬は、ブッと鼻を鳴らして顔をそむけた。くさいのだろうか。男は気にするようすもなく、ブルの鼻に軽くキスをした。

「それじゃあな、ぼうず。がんばれよ」ホームレスは犬を返してよこすと、陽太の頭に手をおいた。

「あの、でも、どう……やったら」

「こいつに聞いても、何も答えちゃくれんよ。でも、犬は遠くはなれた家にも歩いて帰るというから、いっしょにあちこちしっかり歩いてやれば、いずれたどりつくんじゃないかな。なにしろ人間の百万倍《ばい》もの嗅覚《きゅうかく》があるというんだからな」

気の遠くなるような話だ。陽太は思わず目をふせた。

「いいか、犬はむれの動物だ。ひとりでは生きられない。リーダーが必要だ。おまえがリーダーになってやらなきゃ、いかん。おまえが心配したら、こいつが不安になる。なめられたらおしまいだぞ」

もっとたいへんなことになってきた。陽太はクラス委員はおろか、班《はん》のリーダーの経験もない。

「好きな女の子はいないのか？」

ホームレスに顔をのぞきこまれて、陽太は目をそらした。

「ははん、おまえ、その女の子のまえではどきどきしてるんだろ？　ふーん、その子がリーダーなんだな。あのな、おまえがリーダーにならないと、女の子はおまえをふりまわすだけで、ついてきちゃくれないぞ。どうやったらリーダーになれるか、フレンチブル師匠《ししょう》に教えてもらえばいい」

ホームレスは陽太の肩《かた》をたたいて笑うと、桜の木を見あげた。

「おまえ、さっき桜を見ていたけど、待ってたって咲《さ》かないよ。桜ってのは、ふと気がついたらいつのまにか咲いてるもんだ。だから、まずは歩けよ。そいつといっしょに、いっぱいな」

ホームレスはベンチにあった空き缶《かん》をとりあげた。

「ぼ、ぼくのじゃないです」

「わかってるさ。捨《す》てといてやるから、心配いらない」

ホームレスはカバンのなかに缶を入れると、ジェシカちゃんという、自分とよく似た毛の犬といっしょに、土手の道を歩きだした。

「ちょ、ちょっと待ってください」

「いいか、流れに乗せられるな。自分で泳げ。行き先なんかどこだっていいから。なんだって、自分でやったということがだいじなんだぜ」

ホームレスはふり返らずにそういうと、川の上流へ向かってはなれていった。

流れとか、泳ぐとか、陽太にはよく意味がわからなかった。あのホームレスはいいかげんな人なのか、やさしいのか、どっちだろう。でも、悪い人ではないだろう、ということだけはわかった。

地面に下ろしてやると、フレンチブルドッグはホームレスのうしろ姿《すがた》を見ていた。おきざりにされて、追いかけていくかと思ったら、鼻の穴《あな》に入ったゴミでも吹《ふ》き飛ばすような音をたてて息をしたあと、向きを変えて陽太をじーっと見あげた。

陽太は大きなため息をこぼしてしゃがみこむと、フレンチブルドッグにおそるおそる手をのばした。

と、道路に水のしみがついた。突然《とつぜん》の雨だ。

あわてて、手にしていたひもを引っぱったら、フレンチブルはいっしょについてきた。ところが急に立ち止まり、足をふんばり、頭を左右にぶるぶると勢《いきお》いよくふるわせた。勢いが強すぎて体もいっしょにゆれ、うしろ足はダンスしているみたいにステップをふんでいる。耳もゆれて、小旗でもふるようなパタパタという音がした。

そのあと、フレンチブルドッグは陽太を追いこし、雨から逃《に》げるように走りだした。でもふたたび立ち止まると、もう一度、頭と体を大きくゆすってぶるぶるした。

雨にぬれるのがイヤなのかな？　レインコートを着て飼い主と散歩している犬を見たことがある。そのときはおかしくて笑いそうになったけど、あの犬も、雨にぬれるのが苦手だったのかもしれない。

陽太はフレンチブルドッグに手をのばした。今度もうまく、すっとだけた。まぐれじゃなかった。

ラグビーの選手がボールをだいて走るように、犬をだいて、陽太は雨のなかを一目散《いちもくさん》に家を目ざして走っていった。

2

家のドアを開けると、陽太《ようた》はあわただしくトイレに駆《か》けこんだ。川から家までの距離《きょり》は、一キロ以上はあっただろう。

走れば走るほど、フレンチブルドッグは重たくなっていくみたいだった。どこかで休んで、雨が通りすぎるのを待てばよかったかもしれないけれど、どしゃぶりの雨になってしまうまでに、帰りつきたかった。どうしようもなく、おしっこがしたくなっていたからだ。

陽太は長いおしっこをしたあと、ぶるぶるっとふるえた。フレンチブルみたいに体がゆれて、雨でぬれた髪《かみ》からしずくが飛んだ。

トイレの窓《まど》の外に見える古い家の瓦屋根《かわらやね》を打つ雨は、どんどんはげしくなっていた。もう少し遅かったら、ずぶぬれになっていたかもしれない。

陽太の住む家のまわりには、江戸《えど》時代からあるような古い家が、細い道にそってたくさん並《なら》んでいた。陽太の家は、母さんが高校生だったころに建てかえられたということで、ほかの家にくらべればずっと新しかった。

それでも二十年以上がたっている。母さんのほうのおじいちゃんたちがあいついで亡《な》くなったあとは、しばらく空き家になっていたせいもあり、あちこちガタがきていて、マンションで育った陽太にとっては、あまり快適とは思えなかった。

トイレを出て、バスタオルで髪《かみ》と服をふいたあと、冷蔵庫《れいぞうこ》からオレンジジュースを出し、コップに入れて一気に飲んだ。

と、玄関《げんかん》で物音がした。玄関のドアノブにひもをひっかけておいたフレンチブルドッグが、上がりがまちに前足をのせて、こちらをじっと見ていた。

陽太は手にしたオレンジジュースのコップに視線《しせん》を感じた。

そうか、おまえにやるのを忘《わす》れていたな。

浅《あさ》めの皿に水を入れて、持っていった。玄関の土間《どま》に皿をおいてやると、そのまえにちょこんとすわり、陽太の顔を見た。なんだか合図を待っているようだ。

「いいよ、飲んで」

そういうと、フレンチブルはうんとうなずくようにして、頭を皿に向けた。鼻をブブ、と鳴らして水に顔をつっこみ、ペチャペチャと音をたてて飲み始めた。

飲み干《ほ》したあとも、皿を見ては匂《にお》いをかいでいる。鼻はクンクンではなくて、やっぱりブウブウと鳴り、音だけを聞くと、やっぱりブタみたいだ。

きれいなタオルでぬれた体をふいてやると、タオルに顔を近づけて口を開《ひら》いた。

食べるものとかんちがいしているのかと思ったら、タオルをくわえて左右にふりまわした。

「ダメだよ、返せ」

陽太がタオルのはしをつかんで引っぱっても、足をふんばり、はなそうとしない。ぐいと引くと、タオルをくわえたまま引きずられてきた。あごのところから首もとがふくらんで、カエルみたいに見える。

あきらめてはなすと、フレンチブルドッグはタオルをくわえて陽太のところに持ってきた。もう一度引っぱってよ、といってるみたいだ。

タオルのはしを持つと、くわえたままあとずさり、また引っぱる。つな引きのようだ。遊んでいるのかもしれない。手をはなすと、また持ってくる。陽太は楽しくなってきて、同じことを何度もくり返した。タオルはフレンチブルドッグのよだれで、すっかりぬれてしまった。

やがて遊びつかれたのか、犬はぺたりとおなかをつけて玄関に寝《ね》そべった。でも、タオルは自分のものだよ、といわんばかりに、前足の下にしっかりとおさえている。

「おもしろいなあ、おまえって」

陽太はうれしくなり、皿をとると、今度はふんぱつして牛乳《ぎゅうにゅう》を入れてやることにした。

フレンチブルはむくっと起きあがるや、鼻をブウブウ、舌をペチャペチャ、勢《いきお》いよく鳴らして、なめ始めた。

あごが牛乳にぬれて、雪がつもったみたいに白くなった。

「ほら、ついてるよ。ここだ」

陽太は自分のあごを指して教えた。フレンチブルはからになった皿を見て、どこかにこぼれていないか探《さが》しまわっている。

陽太は犬の頭をうしろからぐいとつかみ、あごについた牛乳を自分の親指につけて、口のところに持っていった。

はじめは逃《に》げようとしたけれど、陽太の指に牛乳がついているとわかると、犬は勢いよくなめだした。あごのまわりがきれいになっても、陽太の指をぺろぺろとしきりになめている。

犬の舌は人間よりも長いけど、人間みたいに下くちびるをなめたりする動きはできないようだ。

「おいしかったのか、よかったな。また今度な」

陽太はフレンチブルの頭をなでた。犬はきゅっと目を閉じた。

この犬はお面のようなまるい顔をしている。耳は立っていてうすっぺらく、内側にはほとんど毛が生えていない。耳は音のする方向によく動いた。

目は大きく、瞳《ひとみ》はまんなかに向けてふくらんでいる。白目はほとんど見えない。

へしゃげた鼻の上にはひふのしわが、鼻を包みこむようにのっている。

黒いぬれた鼻は、大ぶりのマッシュルームをたてに切ったような形をしている。左右の傘《かさ》みたいな部分がたれ下がっていて、穴《あな》をほとんどふさいでしまっている。息をするたびにブウブウと鳴るのは、そのせいだろう。

目の下のしわは、デブのおばさんの二段《にだん》ばらみたいに重なっている。ほほはたれさがり、ひふはしわしわで、そのあいだに毛穴《けあな》がぽつぽつとある。でも、ひげはほとんどない。

ほほが口もとに半分くらいかぶさっていて、わずかに下くちびるだけが見えている。くちびるは、黒いリップクリームでもぬったみたいにつやつやと光っている。

「おまえ、見れば見るほど、変わった顔をしてるな。よく見るとブタじゃないけど、犬でもないよな。ほんとにおもしろいなあ」

陽太が笑うと、フレンチブルドッグは口を開けてピンク色の長い舌を出し、ハアハアと息をした。たれさがったほほがななめにつりあがり、笑っているようだ。

「笑うなよ。おもしろい顔だといってるんだぞ。それとも、自分でもそう思ってるのか？」

フレンチブルドッグは口を閉《と》じると、首をかしげた。言葉がわかるのだろうか。おもしろいってどういうこと？　と聞いているように見えた。

「だから、おまえはおもしろい顔をしてるよって……」

フレンチブルは首をまっすぐにしたあと、また首をかしげた。

「なんで首をかしげるんだよ。『おもしろい』は気に入らないのか？」

急にフレンチブルがうしろ足で立ちあがり、床《ゆか》にすわりこんでいた陽太に乗りかかった。陽太があおむけにひっくり返ると、ブルは陽太の顔をぺろぺろとなめまわした。

「わっ、くすぐったいよ。ごめんごめん、おもしろいなんてもういわないから。やめてよ」

そういいながら、うれしくてしかたなかった。自分の歳《とし》を忘《わす》れて、小さい子どもみたいに笑いだした。


その夜、東京からナオが帰ってきた。

「わっ、なんだこれは！」

ただいまという声よりも先に、ナオのおどろきの声が陽太の耳に飛びこんできた。

陽太はそのとき、洗面所《せんめんじょ》にいた。

帰る前にナオから電話かメールがあるだろうと思っていたのに、いきなり帰ってきてしまったのだ。

陽太は洗面所からぞうきんを持って飛びだした。

ナオは廊下《ろうか》につっ立って、足もとにある、茶色い水たまりのようなうんこのまえで、かたまっていた。

陽太はなさけない声でいった。

「……それ、ぼくがやったんじゃないよ」


――フレンチブルドッグは陽太の顔をなめたあと、床《ゆか》にうつぶせにぺたんとなり、いびきをかいて眠《ねむ》ってしまった。

おもしろい顔だけどかわいいな、と思って、陽太はじっと見ていた。すると、フレンチブルは突然《とつぜん》むくりと顔を上げて起きあがり、もうれつな勢《いきお》いで走りだした。

ドアノブにひっかけてあったひもがはずれ、フレンチブルは家の奥《おく》に向かってのびる廊下《ろうか》を走っていく。つきあたりのドアの手前でおり返し、今度は陽太めがけて突進《とっしん》してきた。

陽太がどうしようかとあたふたしていたら、ブルは陽太の手前で足をすべらせながらまた向きを変え、奥のドアに向かっていった。

見えないだれかに追っかけられているみたいだ。

フレンチブルドッグはそんなふうに何度も往復をくり返したあと、急に走るのをやめた。ハアハアと息をしながら、よたよたと廊下《ろうか》の暗いところにいき、腰《こし》をすとんと落とした。

イヤな予感がした。

予感は半分あたり、半分はずれた。

うんこかもしれないと思ったけど、おしっこみたいなものをした。

それは茶色かった。水みたいになったうんこだった。

陽太はあわててだきあげようとして、うんこをあびてしまった。卒業式のために着ていた新しいシャツが、めちゃくちゃになった。家じゅうがうんこまみれになってしまうのでは、と陽太はパニックになり、洗面所《せんめんじょ》にぞうきんをとりに走った。そこへ、ナオが帰ってきたのだった。

トイレのなかから、ガサゴソという物音がした。

ナオはマフラーに手をかけたまま、目線だけをトイレに向けた。

「何か、いるのか?」

犬のことをどう説明するか、まだ考えがまとまっていなかった。まさか、モールで買ってきたなどとウソをつくわけにもいかない。とにかく飼い主が見つかるまで家におかせて、といってたのむしかないとは思っていたけど。

「じつは、犬が……。いまさら遅《おそ》いけど、またしたらたいへんだから、トイレに閉《と》じこめたんだ」

「イ、ヌ？」

「そう。いろいろあって、つれて帰ってきたんだ。迷《まよ》い犬」

陽太はナオに強くしかられたことはなかったが、いまはなぜかとてもこわかった。

でもナオはマフラーをはずして、陽太の手からぞうきんをとっただけだった。

「ぼくがやるから」と陽太がいうと、

「いいから。とにかく先に風呂《ふろ》に入りなさい。かたづけておくから。そのシャツは、とりあえずバケツに入れておいたほうがいいな」

「……あの、ナオ、いや父さん」

「事情はあとで聞くよ。さあ」

ナオは怒《おこ》っているようでも、喜んでいるようでもなかった。

陽太は父のことを、ふだんは「ナオ」と呼《よ》んでいたけど、ときどき「父さん」と呼ぶこともあった。それはたいてい、ふたりきりではないときだった。

父親をそんなふうに呼ぶなんて、まるで友だちみたいでうらやましい、と友だちにいわれたことがあったが、陽太にしてみれば、気がつくといつのまにかそう呼んでいただけで、特別なことではなかった。

でも近ごろは、ほかの子が親をニックネームで呼《よ》んだり、親の名前にちゃんをつけて呼んだりするのを聞くと、ヘンな気がするようになった。うまくいえないけど、ちょっと子どもっぽいというか、あまえているみたいな感じがして、イヤだった。

だから、中学に入ったら、思い切って呼び方を変えてみようかと思っていた。それがさっき、口からふいに飛びだしたのだ。

陽太はシャワーをあびながら、犬のことを考えた。つれて帰ったときはうれしかったけど、動物といっしょに暮《く》らすのはめんどうなことなんだと、うんこのことがあって思い知った。

でもいまさら、どうすることもできない。飼い主を捜《さが》すなんて、ぼくにできるんだろうか。けど、ホームレスを捜して返そうにも、どこにいけば会えるのかわからない。それに、ナオの仕事がどうなるか、ということもある。

ナオが脱衣場《だついじょう》から声をかけてきた。

「陽太、この犬に何か食べさせたりしたか？」

「牛乳《ぎゅうにゅう》を飲ませた。冷蔵庫《れいぞうこ》から出したやつだから、冷たかったのかなあ。ま、まさか、また……？」

扉《とびら》を開けてみると、ナオは電話でだれかと話しているところだった。

「……ええ、やっぱり牛乳を飲ませたそうです。ああ、そうですか。……ええ、ええ」

浴室を出ると、ナオは電話を終えて、ぞうきんを手にしていた。うんこは壁《かべ》にも飛んでいたようだ。修行するお坊《ぼう》さんのように、もくもくとふいている。電話の声はおだやかだったけど、そのうしろ姿《すがた》はちょっと近よりにくい感じがした。

「……ごめんなさい」

「風邪《かぜ》を引くといけないから、ちゃんと髪《かみ》をふいて、あたたかくしなさい」

「はい」陽太はいわれるとおりにした。

キッチンに入ると、ナオは冷蔵庫のまえで、少しつかれた顔で小さな缶《かん》ビールを飲み終えたところだった。こっちを見ると、やさしく笑い、怒《おこ》っているようではなかったので、陽太は気がらくになった。

ホームレスに犬をわたされたこと、迷《まよ》い犬であることを正直に話した。

ナオはだまって聞いたあと、腕《うで》を組み、うーん、と首をひねってからいった。

「ホームレスとはね……」

「うん。でも、あやしい人じゃなかったよ」

「あのな、ホームレスがいけないといってるわけじゃないんだ。そうなるには、いろいろと事情があったんだろうし。だが、それよりも、陽太に飼い主を捜《さが》せるのかな?」

「うん……。ぼくには無理かもしれない」

「じゃ、これからどうする。警察《けいさつ》にでもとどけるか？」

どうしたらいいのかわからなかった。

リビングには、去年買った石油ファンヒーターの段《だん》ボール箱《ばこ》が出してあった。

「そのなかにいるよ」とナオがいった。「牛乳《ぎゅうにゅう》はダメだそうだよ。さっき動物病院に電話して、聞いたんだ。たかが下痢《げり》といっても、何かあったらこまるからね。犬は牛乳が苦手らしい。意外だよね。タマネギやチョコレートも危険《きけん》だと教えてもらった。初めて知ったよ」

陽太はナオのすばやい行動に感心し、犬のことをいやがっていないようすなのでちょっと安心した。

「へえ、そうなんだ。でもね、とてもおいしそうに牛乳を飲んだんだよ、音をたてて」

「そりゃ、陽太がくれたから、うれしかったんだよ」

陽太はそれを聞いて、自分もうれしくなった。

フレンチブルドッグが段ボールのふちに前足をかけて立ちあがり、顔を出した。陽太を見るとハアハアと舌を出して、笑っているようなあの顔をした。陽太は横目で見ながらいった。

「ダメ、もうぜったいやらないからな」

フレンチブルは言葉がわかるのか、口を閉《と》じて、目をふせた。

ナオは笑いだした。

「で、ナオ、いや……父さん」

ナオはにやっと笑った。「なんだよ、改まって。何かおねだりか？」

「そういうんじゃない。卒業したし、呼《よ》び方を変えてもいいかなって……」

「なるほど、そういうことか。それより、遅《おそ》くなったけど、卒業おめでとう」

「あ、ありがとう」陽太はてれくさくて、耳が赤くなるのを感じた。「でも、六年生はみんな今日卒業したんだし」

「そういうかんたんなもんじゃないよ。でも、まあいい。とにかく、おめでとう。今日は悪かった、出席できなくて」

「ナオ、いや、父さん」

「いいから」

「東京のほうはどうだった？　もどることになったの？」

ナオは、父さんと呼ばれて、また笑おうとしたみたいだった。でも陽太の問いを聞くなり、口もとをきゅっと結んだ。

陽太が目をそらすと、フレンチブルドッグがこっちを見ていた。もし東京にもどるなら、飼い主を捜《さが》すことはできなくなる。

ナオはかつて、電力関係の仕事をしていた。やめたときは、会社のネットサイトの編集の仕事が主《おも》だった。

ナオの髪《かみ》には、東京にいたときは見あたらなかった白いものが、ぽつぽつとふえていた。奈良《なら》にきてからは、勤務《きんむ》時間が不規則な上に外での仕事も多く、春なのにすっかり日焼けしていて、しわが目立っていた。

ナオはからっぽのビール缶《かん》に手をのばし、うらめしげにふった。犬のことでものごとをてきぱきと進めた姿《すがた》は、そこにはなかった。答えを聞かなくても、なんとなくわかるような気がした。

「あ、いいよ、ナオ。犬のこともあるし……」

「いや、うん……。いい話だったんだけど、ことわることにした。まだ返事はしてないけど」

ナオはいいにくそうに答えた。

陽太はナオから目をそらして、段《だん》ボール箱《ばこ》を見た。フレンチブルドッグは箱のなかではらばいになって、陽太におしりを向けていた。でも耳をうしろにかたむけ、会話を聞いているようだ。

「卒業式をわざわざ欠席したのに、こんな結果になってしまって……」ナオがため息をついた。

「いいよ。そんなにかんたんにまた東京にもどるなんて、よくないかも、とちょっと思ってたし」

陽太は段ボールに近づいた。陽太に気づくと、フレンチブルはむくりと顔を上げた。もう笑った顔ではなく、大きな目でじっとこっちを見ている。ここにいられるとわかり、安心しているように見えた。手をのばして、ブルを胸《むね》にだいた。

ずしりと重く感じた。

「その犬、見かけより重いな。雨のなか、だいて走るなんて、よくできたな」

「うん、ぼくも不思議だよ」

「きっと一生懸命《けんめい》だったんだな。でもだき方がうまいな。こっちはちょっと手こずったよ。犬なんて初めてだし」

「まあね」

陽太は得意な気もちになりながら、胸の上でおとなしくしているフレンチブルに顔をよせた。初めてなのに、あまずっぱいなつかしい匂《にお》いがした。

「そうだ」

陽太は声をあげ、犬をだいたまま階段《かいだん》を上り、母さんが使っていた部屋につれていった。大学進学のため東京に出るまで、母さんの勉強部屋だった部屋だ。そのころの母さんの本やC《シー》D《ディー》が、そのままになっている。

この部屋で、母さんが読んでいた本を開《ひら》いていると、心が落ちついた。大人向けのむずかしい本が多かったけど、子どものころに読んだ本のなかには、元宮今日子《もとみやきょうこ》、と名前が書かれているのもあった。

母さんが「佐久良《さくら》今日子」ではなく、「元宮今日子」だったころに飼っていた犬の名前は、リップといった。作文に書いた犬だ。黒くて長い毛の犬で、おとなしくてかわいかったらしい。

リップは小学校に入学したばかりの「わたし」をむかえに、「わたし」のお母さんといっしょに毎日きてくれた。

「わたし」は初めのころ、学校になじめなかったけれど、リップとお母さんが帰りに交差点の向こうで待っているのを楽しみに通った。そしておむかえが必要でなくなると、家に帰ったらまっ先にリップと散歩に出て、学校でのできごとをいろいろと話してきかせた。

でも、リップは突然《とつぜん》死んでしまった。

「わたし」は泣かなかった。我慢《がまん》して。

ただ、一度だけ泣いたことがあった。友だちのランドセルについている鈴《すず》の音を聞いたときに。学校で聞いてもなんともなかったのに、「わたし」の家の玄関《げんかん》でその鈴がチリンチリンと鳴ったとき、リップがもどってきたような気がした。リップも首輪に鈴をつけていたから。

友だちが帰っていったあと、「わたし」は鈴の音を思い出して泣いた。

作文の終わりは、こう結ばれていた。

『……もうすずの音は聞きたくないと思いました。でもわたしは、すずの音がまた聞こえるような気がして、家のげんかんから、いつまでもはなれることができませんでした。』

陽太は、母が書いたこの『リップのすず』という作文が好きだった。

ナオが二階にやってきた。「ごはんはまだだろ。どこかに食べにいくか、卒業式だったし。でも、昼間モールにいったんだよな？」

「いかなかったんだ。でも、外食はいい」

「えっ、どうした？　ぐあいでも悪いのか？」

陽太はフレンチブルドッグを見た。フレンチブルも陽太の目を見た。何を考えているのか読みとろうとしても、その目からはわからない。

「そうか、心配なんだな。でも、つないでおけばいいじゃないか」

「うん。けど、なんとなく、今日はいっしょにいてやりたい」

陽太は、母が使っていた洋服ダンスについている鏡に、自分とフレンチブルドッグを映して笑った。

うしろに立っているナオは、つかれた顔をしていた。東京まで日帰りをして、結果がよくなければ、こういう顔になるのもしかたないかもしれない。近ごろ夜勤《やきん》にも出ていて、いつもつかれていたけど、今日はもっとひどいようだ。

「そうか。じゃ、何か買ってくるよ。犬の食べるものもね。いくら迷《まよ》い犬でも、最低限必要なものは買ってやらないとな」

陽太は、ナオから受けとっていたチャージずみのカードをさしだした。

「それはおまえのだ。返さなくていいよ」

「いいんだ」

「なんだい、犬が卒業祝いってことか?」ナオは笑った。

「そんなんじゃないよ。だって、迷《まよ》い犬なんだし……」

「わかった。じょうだんだよ。とにかく、今日のところはうちにおいてやろう」

「母さん、犬だよ。迷い犬なんだけどね。おうちがどこかわからない。見つかるまでのあいだ、ここに泊《と》めてやるけど、いいよね。よろしく」


——夜中に目がさめた。豆電球の明かりがぼんやり見え、その向こうで冷蔵庫《れいぞうこ》のブーンという音がした。自分の部屋ではない。

寝《ね》ぼけているせいで、どこにいるのかわからなくて不安になった。それからやっと、キッチンにおいた箱のなかにいるフレンチブルドッグのそばにいたくて、となりのリビングのソファーで寝たことを思い出した。

冷蔵庫の音が静まると、いびきの音が聞こえた。ナオも近くにいるのかな、と思ったけど、ちがった。フレンチブルがいびきをかいているのだ。

陽太はそっと起きあがり、箱をのぞいてみた。フレンチブルはあおむけになり、白いおなかを見せて眠《ねむ》っていた。

やわらかいおなかにそっとさわりたい。でも、起こしちゃいけない。しばらく目がはなせなかった。

いびきはやがて、静かでおだやかな寝息《ねいき》に変わった。

ホームレスとは、どんなところで寝ていたんだろうか。

ナオが夜勤《やきん》のときは、ひとりきりになる夜もあった。今日のように夜中に目がさめると、夜がおそいかかってくるような感じがして、こわかった。こうして近くで寝息が聞こえると、何かに守られているようで心強かった。

ソファーにもどり、毛布にくるまり、犬の寝息に耳をそばだてた。

しあわせがゆっくりと胸《むね》に広がる。陽太は心のなかで「おやすみ」とつぶやき、ほほえんだ。

目がさめると、段《だん》ボールはいつのまにか、陽太のいるソファーの横にあった。寝《ね》ているあいだに、ナオが運んできてくれたのだ。

フレンチブルドッグはまだ寝ているようなので、足音をしのばせてトイレにいった。もどってくると、ブルはむくりと顔を上げた。大きな目でじっとこっちを見ている。

「おはよう」

陽太がいうと、フレンチブルは三角のとがった耳を頭にくっつけるようにうしろにぺたんとたおし、すぐにまたぴょんと立てた。

「えっ、なんで耳がたおれるの？」

フレンチブルはまた耳をたおし、うしろ足で立ちあがり、笑いながら舌を出した。箱から出ようと飛びはねている。

陽太の笑い声を聞いて、ナオがやってきた。ブルは陽太の顔を見たときのように、耳をたおしては立てるのを、何度もくり返した。

「喜んでるんだよ」と陽太はいった。

「でも、しっぽをふってないだろ……えっ、ないんだ？」とナオ。

「そう、ないんだ。うれしいときは耳をたおすみたい」

この犬だけなのか。しっぽのあるほかの犬も、うれしいときは耳をたおすのだろうか。耳がたおれると、顔がますますまるく見えて、人間みたいな感じだ。

ナオはゆうべ、ショッピングモールにあるペットショップで必要なものを買ってきたとき、犬を家にむかえたときの基本的な知識も教えてもらっていた。

食事は、朝と夜の二回に分けて食べさせる。

うんこは、食事の回数のプラスマイナス一くらいの回数がふつう。かたすぎるうんこは食事が少なく、やわらかいのは反対に食べすぎらしい。

おしっこは人間と同じで、うんこよりも回数が多い。また、人間とちがい、おしっこはしたいという理由だけでするのではなく、異性《いせい》をひきつけたり、なわばりを知らせる匂《にお》いつけのためにもするという。

段《だん》ボール箱《ばこ》からフレンチブルドッグを出して、フードをやった。手のひらいっぱいくらいの量だ。ブルドッグは牛乳《ぎゅうにゅう》を飲んだときのように、陽太の合図を待ってから食べた。

まる飲みしているのか、ほとんどかまない。水がゴボゴボと流れるように、フードが口に吸いこまれていく。

皿のなかでフードがカランカランと鳴り、ときどきはポリポリとかむ音もした。

あんまりおいしそうには見えないのに、犬にはたまらないのだろうか。とてもうれしそうに、ほかのものにはまったく目もくれないで、休むまもなく食べ切った。三十秒もかからなかった。

よほどおなかがすいていたのだろうか。

「おまえ、あとで吐《は》いたりしないか？　だいじょうぶか」

陽太がいうと、フレンチブルドッグは耳をぺたっとたおして陽太めがけて突進《とっしん》してきて、顔をぺろぺろとなめた。陽太は笑いながらいやがったけど、ほんとうはうれしくてしかたなかった。

ブルは陽太の顔から急にはなれると、床《ゆか》の匂《にお》いをかぎながらうろうろと歩きだした。

「おしっこか、うんこかもしれない」

ナオは買ってきたペットシーツをキッチンのはしに敷《し》き、フレンチブルをだいてその上にのせた。でも、少し匂いをかいだだけでシーツの外に出てきて、うろうろする。

「家の外でしたいのかもしれないな」

ナオはこれも買ったばかりの、リードという赤いベルトのようなひもを、犬の首輪につけて、陽太にわたした。

陽太が寝《ね》ているあいだに、ナオは少しだけ外を散歩させてみたらしい。体もふいてやったみたいで、よごれもすっかり落ちていた。黒い毛はつややかで、あごから胸《むね》のところだけはくっきりとした白い毛だった。エプロンをかけているように見える。

「しっかりとリードをつかんでないとダメだぞ」

陽太がリードを持ってフレンチブルドッグを見ると、耳をまたぺたっとたおした。そうか、外へいきたいのか。

「陽太、朝ごはんはもう食べたのか？」

「散歩のあとにするよ」

「食べてからいったほうがいい」

ナオがいうので、ロールパンを牛乳《ぎゅうにゅう》で流しこんだ。これじゃフレンチブルと変わらない、という早食いだった。

おしっこをさせにいくだけなのに、なぜ食べてからにしなさいといわれたのか、外に出るとすぐにわかった。

フレンチブルドッグは陽太よりも先に飛びだした。リードをしっかりとにぎるまもなかった。ブルは、大きな石亀《いしがめ》のように地面にはいつくばり、前足でアスファルトをかきむしるようにしてぐいぐい進んでいく。

陽太は地面に足をふんばり、つな引きのようにリードを引いた。体力にも運動にも自信はなかったし、きのうはフレンチブルドッグをだいて走ったから、腕《うで》は筋肉痛《きんにくつう》でぱんぱんになっていた。

フレンチブルは前足のつめをシャカシャカと鳴らして、アスファルトをかきむしっている。逃《に》げだしたいのだろうか。

陽太が不安な気もちになったせいで、リードを引く力がゆるんだ。フレンチブルは走りだした。陽太はリードのはしを持ったまま追いかけた。ブルのうしろを走っていくだけでせいいっぱいだ。風にくるくる舞《ま》うだけで空の高みにたどりつけない、なさけない凧《たこ》になったみたいだ。

ナオ、助けて、といいたくても、声を出すこともできなかった。

ブルは電信柱のところで急に立ち止まると、腰《こし》を地面に落としてうしろ足を開《ひら》き、おしっこをした。

「そうか、やっぱりしたかったのか」

おしっこの池は犬の足をよけるように、みるみるうちに広がっていった。

犬が電信柱に片足《かたあし》を上げておしっこをする姿《すがた》は、マンガやアニメで見たことがあったが、しゃがんでするのを見たのは、初めてだった。

陽太は体を低くして、フレンチブルドッグのおしりのあたりを見た。

「そんなにじろじろ見るな。そのコはレディだぞ」

ふりむくと、ナオがにやにや笑いながら立っていた。

たしかに股《また》のところには、陽太が持っているふたつのタマはぶらさがっていなかった。女のコの股をのぞきこんでいたのかと思うと、顔が赤くなりそうだった。

「メスの犬も人間の女の人みたいに、おしっこはしゃがんでするんだ。といっても、きのうの夜初めて知ったんだけどな」

「でも、おしっこをしたあと、紙でふいたりはしないよね」

「たぶん。……いや、わからないぞ」

陽太とナオはいっしょに声をあげて笑った。

散歩している犬は毎日のように見かけていたけど、犬のことは何ひとつ知らなかった。

フレンチブルは、何がおかしいの、というように、ふたりの顔を交互《こうご》に見ていた。

「逃《に》げだしたいのかなって、ちょっと心配になった」

「ゆうべもこんな感じだったな。力が強いんだ。リードをしっかりと手にからめて持つんだな。で、今日はどうする?」

ブルは落ちついたのか、すわって陽太を見ていた。陽太もその目を見返した。陽太の顔が、茶色がかった瞳《ひとみ》に映っていた。

「おまえ、おうちに帰りたいだろ? 捜《さが》してやるよ、おまえのおうち。きっと帰りを待っているよ、おまえの名前を呼んでね」

3

陽太《ようた》は朝ごはんをもう一度しっかりととったあと、またフレンチブルと外を歩いた。古い家が並《なら》ぶ細い道を歩き、自転車に乗って仕事に出かけるナオを、角のところまで見送った。ブルは自転車のあとを走って追いかけようとしたけど、陽太はリードを強く引いた。

「ダメだよ、いまからだいじな用があるんだよ」

ナオは角の手前で自転車を止めると、しばらく陽太たちを見ていた。

ナオがいなければ、わからないことの連続だったかもしれない。姿《すがた》が見えなくなってしまうと、陽太は、これからひとりでだいじょうぶだろうかと、少し不安な気もちになった。

入れかわるように、どこかのおばさんがあらわれて、こっちに歩いてきた。

犬といっしょに歩いていて、見知らぬ人と出くわすのは初めてだ。

陽太は、自転車の補助輪《ほじょりん》を初めてはずして走ったときのことを思い出した。ナオがしばらく自転車の荷台のうしろをおさえてついてきてくれたけど、途中《とちゅう》で手をはなした。その気配がうしろから消えると、まえから景色が押《お》しよせてくるように感じた。人が向かってくるのがこわくて、ぶつかりそうで体がふらふらした。

いまも、おばさんが近づいてくるのが不安で、逆もどりしようかとリードを強くつかんだ。でもフレンチブルドッグのほうはおばさんに気がつき、リードをいっぱいに引いてまえに出た。陽太がぐいと力を入れて引いても、その倍の力で進んでいく。

おばさんはさっきよりも足を早めているから、犬をよけて通りすぎるつもりかな、と思ったら、ぐんぐんこっちによってきた。フレンチブルは馬みたいに前足を上げて駆《か》けだすと、おばさんに向かっていった。

あぶない！

心のなかでさけんでも、声にはならなかった。

と、おばさんが腰《こし》をかがめ、犬に手をのばした。フレンチブルドッグはおばさんの手にもみくちゃにされ、まるでつかまった魚みたいに体をふるわせていた。でも、逃《に》げだしたいわけじゃないようだ。耳をたおしてるから、喜んでいるのだろう。

「よしよし、わかるか？　わかるんやな。よしよし、あんたはえらいな」

フレンチブルは、おばさんの手や足に体をこすりつけた。

「そうか、そうか、うれしいのね、うれしいのね、よかったなあ」

フレンチブルはうしろ足だけで立ちあがって飛びはねながら、おばさんの顔をなめようとした。

えっ、わかるって、どういうこと？　このおばさんが飼い主なの？　まさかこんなに早く、飼い主にたどりつくなんて。

陽太は興奮《こうふん》した。

おばさんはいった。「うちにも犬がいるから、犬の匂《にお》いがするんやな。わかるか？　わかるんやな。そうか、そうか、わかるんやな」

ブルはおばさんからさっとはなれると、道路のはしっこにいき、おしっこをした。

おばさんは白髪《しらが》もあり、若《わか》くはなかった。でも犬にふれていると、子どもみたいに元気だ。

「このコは初めて見る顔やな。今度また、散歩しているときにうちのコに会ったら、遊んでやってよ」

うちのコ？　つまり、べつの犬の飼い主？

陽太はおばさんの顔を見たけど、おばさんは陽太を見もしない。

「またね、散歩しておいで、バイバイ」

おばさんはフレンチブルドッグに手をふり、犬に会うまえよりもずっと元気になって、足早に歩き去った。

陽太は別れぎわに、軽く頭を下げたけど、おばさんは最後まで陽太には目もくれず、話しかけようとする気配もなかった。

ブルは道のはしにある下水のふたの匂いをかいだあと、また歩きだした。

「おまえ、知らないおばさんなのに、あんなにはしゃぐんだな。体なんかこすりつけて。女だぞ？　おばさんだぞ？　おまえも女だろ？」

陽太はやきもちを焼いていた。

ブルはふり返り、陽太を見あげた。つぶらな瞳《ひとみ》が謝《あやま》っているように見えた。

角で、ナオが曲がったのとは反対の方向に進んだ。

家のまえに、ゴミを出しに出てきたおばさんがいた。フレンチブルドッグに気がつくと、顔じゅうに笑みを浮《う》かべて、せまるように近づいてきた。

フレンチブルは、ふたたびまえのめりになって向かっていった。

「よしよし、わかるんやなあ、犬の匂いがするのか。うちにもいるよ、まだ寝《ね》てるけどな。ゴミをつかんだ手やから、ばっちいよ」

おばさんはフレンチブルに手をのばしながらいった。

「そうかそうか、遊んでほしいのか。でも、おばさんはゴミのかたづけをせんとな。カラスがきて食べていくから、ちゃんとせんとあかんの。またな、バイバイ」

このおばさんも、さっきのおばさんと同じように、犬にだけ話しかけて去っていった。

陽太は犬とつながるリードを持った手を、まじまじと見た。自分はここにいる。でも、おばさんたちには見えていないみたいだ。

転校してきたとき、クラスのみんなはめずらしそうに陽太に話しかけてきたり、いろいろと気にかけてくれたりした。でもおとなしくしていたせいか、いつのまにかだれからも相手にされなくなった。人気者になりたいとは思わなかったけど、あの最初のころは、まるで透明《とうめい》人間にでもなったような気がした。

おばさんたちのふるまいに、あのときのことをちょっと思い出した。でも、世の中にはいろんな人がいるんだな、と思うだけで、イヤな気もちはしなかった。

きっと、おばさんたちは犬が好きなのだ。どんな犬でも、歩いているのを見たら自分の知り合いのような気がして、人間のことなんか目に入らなくなるほどうれしくなって、声をかけてさわりたくなるのだろう。

おばさんたちはふたりとも、「犬の匂《にお》い」といっていた。犬には、犬を飼ってる人についているべつの犬の匂いがわかる、ということなんだろうか。

犬が遠くはなれた主人のもとに歩いて帰った、という話を、テレビで見たことがある。犬は人間よりもずっとすぐれた鼻を持っているからだ。だったら犬は、飼い主の匂いも、ちゃんとおぼえているだろう。

フレンチブルドッグの鼻はへしゃげてつぶれていて、口よりもひっこんでいるくらいだ。匂いをかぐときは、顔を地面にすりつけるようにしている。小さな鼻の穴《あな》は、息をするたび、ブウブウと鳴った。顔を上げると、鼻に砂粒《すなつぶ》がついていたりした。

こんな鼻でだいじょうぶなのか？　心配だなあ。でも、飼い主の家までがんばって歩けよ。

フレンチブルは陽太の心の声が聞こえたのか、力強く歩きだした。陽太はそのあとについてしばらく歩いていったが、やがて立ち止まった。

この先はなだらかな下り坂だ。家から遠くはないけど、まだ歩いたことのない道だった。

「あのな、おまえには強力な鼻があるけど、ぼくはまだこの町のこと、よく知らないんだ。だから、しっかりと準備してからにしよう」

家にもどろうとしてリードを引くと、ブルはちょっとさからったけど、あとをついてきた。

「よしよし、いい子だ。でも、おまえさあ、おばさんにちょっとじゃれすぎじゃないか？　いくら犬の匂いがするからってさあ」

陽太は、またやきもちを焼いてぼやいた。

家に帰ると、リュックサックに地図を入れた。

家と学校の往復、モールへ行くための送迎《そうげい》バスのルート。それから、ナオに何度か奈良《なら》の観光名所を案内してもらったくらいで、町のことはほとんど知らないといってよかった。好き勝手に歩いていたら、自分も迷子になってしまうかもしれない。

必要なものはなんだろうか。お金と、携帯《けいたい》電話と……。

フレンチブルドッグは陽太のとなりで、チャプチャプと音をたてて水を飲んでいた。水を入れたペットボトルを、自分と犬のために持っていくことにした。あとは、お金さえあればなんとかなるだろう。

さっき途中《とちゅう》で引き返した坂の上まで、走って向かった。

フレンチブルドッグは陽太よりもまえを走り、陽太は追いかけるようについていった。またいうことを聞かなくなったのかと思ったけれど、坂のところまでくると、ふり返り、陽太の顔を見て立ち止まった。

「ここまではきたってわかるのか？　すごいなあ」

フレンチブルドッグは、ちょっと自慢《じまん》そうな顔を見せたあと、電柱の匂《にお》いをかいだ。

そして、さっきいこうとした道とはちがうわき道に向かった。

その道の先には、奈良公園にある興福寺《こうふくじ》の五重塔《ごじゅうのとう》が見えた。低い家《いえ》なみにかこまれて、五重塔はそびえ立っていた。東京タワーやスカイツリーやそのへんの高いビルよりもずっと低いのに、堂々としていた。陽太が毎日小学校に通っていた道だ。

大人たちは足早に歩いていた。

コートを着た大人は、ほとんどがむずかしい顔をしていた。仕事にいくのがめんどうなのだろうか。それとも、何か考えごとでもしているのだろうか。でもフレンチブルドッグに気がつくと、みんな、ほころぶような笑顔になった。

おばさんたちのように近づいてくるかもしれない、と陽太は緊張《きんちょう》したけど、大人たちはそのまま通りすぎた。

次に歩いてきた大人の女の人も、眠《ねむ》そうな顔をしていたのに、口もとに笑みを浮《う》かべた。陽太の足もとにいるフレンチブルのほうを見る目は、楽しげだった。

ちょっとすてきな人だったから、陽太は自分にほほえみかけられたような気がしてうれしくなった。

スマホを手に歩いている人以外は、フレンチブルドッグを見ると、みんな表情が明るくなった。

フレンチブルドッグのほうは、すれちがう人を見あげることもあれば、自分が興味のあるものを見ていることもあった。

小学校に通っていたのもだいたいこの時間だったから、この人たちとは毎日顔を合わせていたのかもしれない。いつも急いでいたから、ちゃんと顔を見たことはなかったけど、笑顔《えがお》を見るのは初めてのような気がする。

小さな子どもをベビーカーに乗せた若《わか》いお母さんが歩いてきた。

「ほら、ワンワンだよ」

子どもはベビーカーから小さな手を出して、フレンチブルドッグのほうにのばした。

「ワンワン、笑ってるね」お母さんが笑顔でいった。

フレンチブルドッグはベビーカーに近づきながら、耳をたおした。陽太はリードをしっかりとにぎり、飛びかかろうとしたら引っぱらなければと用心した。でも、ブルは子どもをちらりと見ただけで、ベビーカーの横を通りすぎた。

「ワンワン、バイバイ」

お母さんは目を細めていい、陽太を見て軽く頭を下げた。見知らぬ人から笑顔であいさつをされたのは、初めてだった。陽太はどうしていいのかわからなくて、口のはしをぎこちなく上げて笑顔を作ることしかできなかった。

犬は通りすぎる人たちの顔を見あげながら、小さな歩幅《ほはば》でアスファルトをちょこちょこ歩いていった。おしりが左右にゆれていた。しっぽがないから、相変わらず犬のようには見えない。なのに、不思議な魔法《まほう》でも使っているみたいに、通りすぎる人々を笑顔に変えていく。陽太は王さまか、アイドルとでもいっしょに歩いてるみたいな気がした。よく知っている道が、まるでちがって感じられた。

「おまえ、人気者だな」

フレンチブルドッグは陽太のつぶやきを聞き、耳をうしろにぺたんとたおした。得意げなようすにも見えた。

建設現場から工具や機械の音が聞こえた。古い家《いえ》なみのとぎれたところで、マンションを建てている。以前はここにも古い家があったのだろう。毎日通っていたのに、どんな家だったかはおぼえていない。

まっ黒に日焼けした警備員《けいびいん》が立っていた。陽太の父がいまやっているのと同じ仕事だ。町で見かける警備員はみな、表情のない顔で警棒《けいぼう》をふっている。ナオもそんなふうに仕事しているのだろうか、と思うと、見るのがつらくなることもあった。

警備員はロボットみたいな顔だったのに、フレンチブルドッグに気がつくと、花火のように笑みを顔いっぱいに広げた。

「おい、どこへいくんや、これから散歩か？」

フレンチブルは耳をぺたりとたおした。

「笑っているみたいな顔やな。きっとそういう顔なんやな。けど、ええなあ、ほんまに笑ってくれてるんか。おっちゃんもうれしいわ。散歩か？　おにいちゃんといっておいで。気をつけてな。ええとこ、いっておいでや」

警備員《けいびいん》は陽太にもほほえみかけ、楽しげに警棒《けいぼう》をふりながら、陽太たちを通してくれた。

フレンチブルは警棒の動きが気になるのか、目で追いながら、鼻をブウーッと鳴らした。

たった少し歩いただけなのに、ひとりではぜったいに経験できないことが、次々と押しよせてきた。

人々の笑みや、やさしい声の向こうには、あたたかい気もちが感じられた。陽太に向けられたものではないけれど、心地《ここち》よかった。

フレンチブルは、シャッターが下りた商店がぽつぽつと並《なら》ぶ通りを歩きだした。

砂利《じゃり》の敷《し》かれた駐車場《ちゅうしゃじょう》と道路のさかいで、おしっこをした。

家を出てから何度目のおしっこかわからない。もうほとんど出ないのに、しぼりだすようにしている。

おしっこをするまえには、あたりの匂《にお》いをしつこくかいでまわり、よし、ここだというように決めて、しゃがみこむ。

地面には、人間にはかぎわけられない匂いがあふれているのだろうか。人間の発している体の熱を、温度のちがいで色分けした、コンピュータグラフィックスを見たことがある。匂いのちがいをあんなふうに色分けした図にすれば、町のなかに犬のための地図のようなものがえがきだされて、犬のトイレの場所があらわれたりするのだろうか。

陽太は犬のあとを、探偵《たんてい》の助手のようについて歩いた。

フレンチブルドッグは、家と家のあいだにぽっかりとできた空き地の匂いをかぎ始めた。何か手がかりでもあるのだろうか。陽太はあたりを見まわした。

空き地をかこんで立つ家の壁《かべ》は白かった。空き地にあった家のおかげで、よごれたり日に焼けたりしないですんだのだろう。急に日にあたる場所に出て、少しはずかしそうにしているように見える。

空き地の向かいの建物には、色あせた書店の看板《かんばん》がある。小さいころ、ナオにつれられて何かの用事で奈良《なら》にきたとき、母さんの親戚《しんせき》の人に、ここで付録《ふろく》のついた雑誌《ざっし》を買ってもらったことがあった。こっちの小学校に通い始めてそのことを思い出したが、店はもうずいぶんまえから閉まっているみたいだ。

そういえば書店のまえのこの空き地には、ツタのからまる西洋風のモダンな家があった。窓《まど》からはピアノの音が聞こえていた。その音を聞いたとき、母さんも子どものころ、ピアノをならっていた、と聞いたことを思い出したのだった。

その家がいつのまにかとりこわされていたことに、いままで気がつかなかった。ピアノを弾《ひ》いていた人や家族は、どこにいったのだろうか。

母の家も、陽太たちが引越《ひっこ》してこなければ、ここみたいな空き地になっていたかもしれなかった。

そのとき、ムシャムシャと音がした。フレンチブルドッグのたれさがるほほの下に、草がぶらさがっている。おなかをこわしたらたいへんだ。ブルはもっと食べようとしたけれど、陽太は草を口から引っぱりだした。

ぺたんこに整地されて何もないと思った空き地に、ところどころ草の芽が出ていた。もう春だからだろうか。

フレンチブルの耳が、ぷるっとふるえるように動いた。

ピアノの高い、軽《かろ》やかな音がどこからか聞こえた。近くの家からだろうか。

耳をすましたが、もう聞こえなかった。

ブルは陽太を見つめている。

「ピアノだよな、おまえも聞こえた？」

返事はしてくれない。でも、きっと聞こえたにちがいない。

フレンチブルドッグは、陽太の通学路をはずれて歩きだした。

陽太には初めて歩く道だ。

ブルは匂《にお》いをかいでは立ち止まり、おしっこをした。

おしっこは自分のなわばりを知らせるためにもするんだ、とナオが教えてくれた。初めてきたところだから、自分の匂いをつけて、ほかの犬たちにあいさつしているのだろうか。

地図をとりだすついでに、ペットボトルの水を飲んだ。フレンチブルが陽太を見あげる。やろうとしたとき、器《うつわ》を持ってこなかったことに気がついた。

ペットボトルの小さなふたにそそいでやると、うまそうに飲んだ。からになってもなめているから、何度もついで飲ませた。小さなふたから水があちこちにこぼれて、持っている手もぬれた。人間だったら、もっと大きな容器でくれよ、というだろうが、文句もいわず、ただひたすら一生懸命《けんめい》飲んでいる。

歩きだすと、今度は陽太のほうがおしっこをしたくなった。でも、犬のように空き地でするわけにもいかない。

地図を片手《かたて》に、奈良《なら》公園のほうを目ざして歩いた。

フレンチブルドッグは陽太の先に立って歩いていたけど、陽太は我慢《がまん》できずに駆《か》けだした。ブルも、駆けっこをすると思ったのか、並《なら》んで走りだした。陽太はフレンチブルを追いぬいたり、追いこされたりしながら、ようやく公衆《こうしゅう》トイレを見つけて駆けこんだ。

トイレの入口には木でできた開《ひら》き戸があって、外側にとめ金がかけられていた。「必ず扉《とびら》を閉《し》めてください。鹿《しか》が中に入ります」という木のふだがかかっている。

陽太はブルをだいて入り、小便器の上の荷物棚《にもつだな》のようなところにすわらせ、ズボンのチャックを下ろした。

チョロチョロと音がすると、ブルは陽太の体をのぞきこもうとした。

「自分が見られたからって、見ないでくれよ」

陽太は便器に体をくっつけて、かくすようにして笑った。

外に出てベンチにすわり、地図といっしょに持ってきたマーカーで、歩いた道に色をつけた。

奈良《なら》の道にぜんぶ色がつくまでには、飼い主にたどりつけるだろうか。

フレンチブルドッグはベンチの下の芝生《しばふ》にはらばいに寝《ね》そべり、のばした前足にあごをのせていた。

目が合うと立ちあがり、地図を見にきた。

「ダメだ、これは食べものじゃない」

鹿は紙を食べる。観光客が、持っていた地図を食べられてさわいでいるのを、見たことがある。

フレンチブルドッグはブウブウと匂《にお》いをかいでいる。

「ここがわたしの家よって、指さしてくれてもいいんだぜ」

陽太がいうと、フレンチブルは笑ったような顔をした。

「どう見ても笑っているみたいだよな。ほんとに笑ってるなら、ははははって笑い声を出してごらんよ？」

ブルは道路のほうに目をやった。

ダックスフントをつれたおばさんが近づいてきた。犬をつれた人に会うのは、初めてだ。

「まあ、かわいいねえ。お名前はなんというの？」

おばさんが笑顔でいった。陽太はこまって口を閉《と》じていた。

ダックスフントがフレンチブルドッグに向かって、急にほえだした。高くて大きな声がひびく。

「こら、鳴いたらあかん、うるさい、やめなさい」

おばさんはしかって、リードを強く引っぱった。でも、ダックスフントはだまらなかった。陽太はフレンチブルドッグをだきあげようかと思ったが、ブルはほえもしなければ、向かっていこうともせず、じっと見ているだけだった。

「ほら、ごらん。ジュリーちゃんもおりこうにせんと」

おばさんは、ジュリーという名前らしいダックスフントをだきあげて、陽太たちのまえから去っていった。ダックスフントはふりむきながら、まだほえていた。

ちょうど犬の散歩の時間帯なのだろうか、そのあと歩きだすと、飼い主と散歩中のいろんな犬に会った。

どの犬も、種類はちがったけど、フレンチブルドッグを見ると、やかましくほえだした。飼い主も、ダックスフントのおばさんと同様、犬をしかりながら逃《に》げるように去り、フレンチブルはただ見ていた。

しっぽをふってほえる犬もいた。ほえてはくるくるとまわり、またほえてはくるくるとまわるのをくり返す犬もいれば、歯をむきだして、こわそうな顔でワンワンいうのもいた。おまえ、見かけない顔だな、おれのなわばりを荒《あ》らすなよ、と怒《おこ》っているのかもしれない。

それとも、人間にはわからない犬同士のあいさつなのか。

でも、フレンチブルドッグはどの犬にもこたえず、ただじっと見ていた。

陽太はその横で、どうしていいのかわからずに、立っているしかなかった。

犬たちが去ったあと、陽太はフレンチブルドッグに話しかけた。

「やかましいやつらだね」

フレンチブルは陽太と目が合うと、急にうしろ足で立ちあがって、はしゃぎだした。陽太が同じ気もちでいたのを、喜んでいるように見えた。陽太はまるい顔を両手でしっかりと包《つつ》みこんだあと、頭をなでてやった。

フレンチブルドッグは安心したのか、うしろ足で立つのをやめて、四つ足にもどった。

「どっちへいく?」

フレンチブルに聞くと、左に歩きだした。

陽太はうなずいた。

「そうか、そっちにいくのか」

フレンチブルドッグは歩きながらふり返り、陽太を見あげた。

「どうした?」

ブルは大きな目で陽太をしばらく見たあと、また前を向いて歩きだした。

陽太はフレンチブルドッグと言葉をかわし、心が通じあったような気がした。言葉がなくても、心が通じることはあるんだ、と思い、うれしかった。

コインパーキングの横を歩く。ここにも以前は古い家が立っていたのだろうか。パーキングは新しいのに、まわりの家は古かった。観光客がくる週末にはきっと、よそからの車であふれるのだろうが、いまはからっぽだった。

大きな帽子《ぼうし》に白い手ぶくろをしたおばさんが、ポメラニアンに引っぱられるようにして、道の向こうからやってきた。

パーキングに入って、やりすごそうか。

でもポメラニアンは、近づいてもほえなかった。フレンチブルドッグに近づきすぎないようにしている。

おばさんは白い手ぶくろの手をブルのほうにのばして、ほほえんだ。

「初めて会うコね。お名前は？」

陽太は答えにこまり、やっぱりパーキングにかくれればよかったかな、と思った。

「でも、ぼくには会ったことがあるね」

陽太はまったくおぼえていなかった。近所に住んでいる人だろうか。でも、近所の人とも、ほとんど口をきいたことはない。

「忘《わす》れちゃったかな？　しかたないね。わたしが手ぶくろを落としたときに、拾ってくれたでしょ。あのときはありがとう」

おばさんの白い手ぶくろについている蝶《ちょう》のししゅうを見て、陽太は、あ、と思い出した。

学校から帰る途中《とちゅう》で、すれちがったおばさんのカバンから白い手ぶくろが落ちたのに気がつき、拾って追いかけ、わたしたことがあった。

「あのとき、だいぶはなれていたのに、走って持ってきてくれたでしょ？　白い息をいっぱい吐《は》いて、わたしてくれたのをおぼえてる。この手ぶくろ、散歩のときにいつもしてるから、助かったわよ」

あのときもおばさんは話しかけてきたけど、陽太はわたし終えたら、追いかけたときと同じように走り去ったのだった。

「ぼくも犬を飼っていたのね」

陽太はこまっているのをかくして、笑った。

「フレンチブルちゃんね。笑顔がかわいい。笑っているわけじゃないんでしょうけどね。でも、うれしそう。お散歩できて、楽しいのね」

フレンチブルドッグはうしろからポメラニアンに近づくと、おしりに鼻を近づけた。ポメラニアンはあわてて逃《に》げだし、おばさんのうしろにかくれた。

「ごめんね、うちのコは犬がダメなの。犬と遊んだことがないから、どうやって遊んだらいいのかわかんないのよ」

陽太が不思議に思ったのがわかったのか、おばさんは説明してくれた。

「犬にかぎらず動物は、どうやって遊ぶか、子どものときにお母さんから教わるものなんだけど、このコは小さいときにうちにきたから」

陽太は思わず聞いた。「えっ、犬って、遊び方を教えてもらわないと遊べないんですか?」

「そうよ。人間でも、ケンカをしたことない子は、どれくらいたたいたら相手がケガをするか、わからないでしょ? 犬も、どれくらいのかみ方なら痛《いた》くないか、お母さんにかまれたりしておぼえるの」

「知らなかった」

「ぼくは、もしかして転校生？　ほら、しゃべり方がこっちのほうじゃないものね。おばさんも、生まれはちがうんだけど。小学生のときに、父の仕事の関係で関西にきたの。最初は、言葉になじめなくてたいへんだった。でもいまは関西弁も、テレビのおかげでだいぶ有名になったし、あんまりこまってないんじゃない？」

「ええ、まあ……」

関西弁にはなじみはあるけど、聞くのと使うのとではまるでちがう。話そうとすると、どうしてもアクセントがヘンになる。母さんがいたら、ちがっていたかもしれない。ぼくも遊び方を知らない犬と同じなのかもしれない、と陽太は思った。

「この子は静かね。みんな、うるさいくらいにほえるのに」

「もしかして……」

「もしかして？」

「ほえ方を教わらなかったのかも」

おばさんは笑いだした。「ははっ、おもしろいことというわね。フレンチブルドッグって犬種は、ほとんど鳴かない種類だからよ。そうでしょ？」

フレンチブルドッグは地面に寝《ね》そべり、おばさんにおなかを見せた。

「ほらほら、よごれるわよ」

おばさんはかがんでフレンチブルのおなかをやさしくなでた。おなかには乳首《ちくび》が八つ並《なら》んでいる。

「女の子ね。でも、避妊《ひにん》してもらったのね。お乳《ちち》が子どもみたいに小さい。うちのコと同じね。おばさんと同じ、ぺちゃんこ胸《むね》ちゃんだ。いい子ね。うちのコもおくびょうなせいもあって、むだぼえはしないの」

「むだぼえ、って……」初めて聞く言葉だった。

「人間なら、むだ口《ぐち》ね。むだ口たたいてばかりいる子は、きらわれたりするでしょ？　犬だって同じ。どうでもいいのにほえてばかりいるとね。ほえる犬はたいていてい弱虫。だから、このコはきっと強いんだ。お名前はなんていうの？」

陽太はどういおうかと迷ったが、思い切ってうちあけることにした。

「すみません。この犬は、ぼくのじゃないんです。というか、その、迷い犬というか……、ほんとうの飼い主を捜《さが》して、いっしょに歩いてるところなんです。すみません」

「あら、そう。それはたいへんね」

「だから、名前はわからないんです。ごめんなさい」陽太は頭を下げた。

「なぜ謝《あやま》るの？　謝るようなことじゃないでしょ」

「ええ……でも」

おばさんは白い手ぶくろをぬぎ、陽太の頭に手をおいた。

「ねえ、ぼく」

陽太は顔を上げておばさんを見た。

「こまっているのね。名前を呼《よ》べたら、犬のことがもっとよくわかるのに。飼い主を捜《さが》すことは名前を捜すことでもあるわね。見つかるといいね」

陽太はうなずいた。

「捜しだせそう?」

「まだ始めたばかりなので……。とにかく歩いてるんです」

「関西では、東大寺《とうだいじ》のお水取りが終われば春になるっていうから……。そうね、もうそろそろ春だし、歩くのにはいい季節ね」

お水取りは、奈良《なら》時代からずっとたえることなく続く行事だった。東大寺の二月堂《にがつどう》で、井戸《いど》の水を観音《かんのん》さまにそなえる行事だ。

「犬をつれている人に、聞いてみたらどうかしら。このコに会ったことがある人が、いるかもしれないでしょ」

「こいつが匂《にお》いをかぎつけてくれれば……」

「犬は鼻がいいからね。耳も、人間には聞こえない音が聞こえるっていうしね。警察《けいさつ》にはいってみた？」

「……いいえ。やっぱり落としものと同じで、そうしたほうがいいんでしょうか」

「そう、ぼくのいうとおり、犬も落としものと同じよ」

「じゃ、いってみようかな」

するとおばさんは首を横にふった。

「どうしてもこまったら、いってもいいかもしれないけど、落としものと同じだってことは、わざわざ持ち主を捜《さが》してくれるわけじゃないの。飼い主が警察にとどけていなければ、期間がすぎると、持ち主がいない落としものってことで、処分《しょぶん》されることもある。よくよく考えてからにしたほうがいいわよ」

「えっ、処分って？」

おばさんはうなずいた。「捨《す》て犬が最後には施設《しせつ》で殺されることは、知ってるでしょ？」

フレンチブルは起きあがり、道路わきのポストの上にとまった鳩《はと》を見ていた。ポメラニアンも同じように見ていて、顔も姿《すがた》もずいぶんちがうけど、二匹《ひき》は仲間のように見えた。

「早く飼い主さんに会えるといいね。たいへんだろうけど、がんばってね。だれかに名前を聞かれてこまることがあっても、謝《あやま》ったりはしないでね。犬もきっと悲しくなるわよ。だっていまは、ぼく、がこのコのりっぱな飼い主さんなんだから。しばらくのあいだだけだとしても、このコにとっては関係ないもの」

陽太はおばさんの言葉に、思わず胸《むね》がぐっとしめつけられた。

犬は移動する動物だから、いくらでも歩きたがるかもしれないけど、ときどき休んであげたほうがいいわよ、とおばさんは教えてくれた。

その言葉どおり、フレンチブルドッグはまだどこまでも歩いていきたいようだったが、陽太のほうはもう、つかれてへとへとになっていた。家に帰って、いったん休むことにした。

お寺の鐘《かね》の音がどこからか聞こえた。フレンチブルは立ち止まり、頭を右に左に向けて、音の鳴っている場所を探《さが》している。

「鐘だよ。ゴーンっていってるね。よく聞こえるだろ？」

ここは、奈良《なら》公園にある興福寺《こうふくじ》からは少しはなれている。だが、興福寺の鐘はきっと大きな鐘なのだろう。どこまでもとどくような、力強くよくひびく音だ。

「おお、もう十二時か。メシにしよう。はらがへったはらがへった」

通りでトラックから荷物を下ろしていたおじさんが、ひとりごとをいいながら、家のなかへ入っていった。

お寺の鐘でお昼どきがわかることを、陽太は初めて知った。

家に飛びこむと、陽太は玄関《げんかん》の廊下《ろうか》であおむけにひっくり返った。フレンチブルドッグは陽太の耳をはげしくなめてきた。

くすぐったくてふりはらうと、ブルは家の奥《おく》に向かってのびる長い廊下《ろうか》を走りだした。陽太はあわてて両手でリードをつかんだが、ブルは止まらない。陽太はリードにつかまったまま、廊下でうつぶせになった。

「ダメだよ、きたない足で上がったら」

起きあがり、リードをドアノブにひっかけると、ぞうきんをとってきた。

うしろからだきかかえると、フレンチブルドッグはおとなしくなった。足の肉球《にくきゅう》は、やわらかいのにかたい、人間の体のどこにも似《に》ていない不思議な感触《かんしょく》だった。まるで絵にかいた桜の花のような形をしている。

肉球は、犬の体のどの部分ともちがう匂《にお》いがした。日なたのような香《こう》ばしい匂い。陽太は肉球の匂いをかいだあと、ぺろっとなめてみた。ブルはぎょっとした顔で陽太を見たけど、怒《おこ》ったようすはなかった。

段《だん》ボール箱《ばこ》に入れると、ブルはうしろ足で立ちあがり、外に出たそうにした。

キッチンにいって、冷蔵庫《れいぞうこ》のなかを見た。横目で段ボール箱を見てみたら、ブルはあきらめたのか、顔は見えなくなっていた。

白菜《はくさい》を切り、ワカメと豆腐《とうふ》もいっしょに入れて、みそ汁《しる》を作った。レンジであたためたごはんに生卵《なまたまご》をわってかけた。あとは、きのうナオが買ってきたそうざいの残りをおかずにして食べた。最初にちょっと食べた生卵の黄身《きみ》を、なめさせてやろうと思って、スプーンですくって段《だん》ボール箱《ばこ》をのぞいたら、もうブルの姿《すがた》はなかった。

いつのまにかぬけだして、ソファーの上で寝《ね》そべっていた。足を四本ともぴんとのばして、背《せ》中《なか》をひじかけにくっつけるようにして寝ている。ブタの丸焼きみたいだ。陽太が笑うと、フレンチブルドッグは目をきょろっと開けて、こっちを見た。

黄身のついたスプーンを鼻先でふると、ブルは寝たまま、あわただしくなめた。

「なまけもの」陽太はまた笑った。

陽太がソファーのクッションをまくらにして、ホットカーペットの上に寝ころがると、フレンチブルドッグもとなりにやってきて、ホットカーペットにはらばいになって目を閉《と》じた。カーペットに顔がつくと熱いのか、プラスチックのコントロールパネルにあごをのせている。ブウブウと鼻を鳴らす音が、すぐに静かな寝息《ねいき》に変わった。

犬は一日十六時間以上寝る、とポメラニアンをつれていたおばさんが教えてくれた。おばさんはそのほかにも、陽太の知らなかったことを教えてくれた。

忘《わす》れないうちに、歩いていたときにあったことといっしょに、ノートに書いておこう。二階の自分の部屋にノートをとりにいった。

部屋から出ると、フレンチブルが階段《かいだん》の下で、こっちを見あげていた。陽太と目が合うと、耳をぺたんとたおした。どこにいったのかと、心配になったんだろうか。

陽太がテーブルにすわると、今度は足もとにきて寝そべった。寒いのか、陽太の足の上にくっついている。ホットカーペットよりもあたたかい感じだ。

ノートには、ＲＰＧ《アールピージー》の迷路の地図や気になるアイテムが書いてあった。途中《とちゅう》でやめてしまったゲームだ。新しいノートにしようか、と思ったけど、ブルをどかせるのも悪い気がして、そのまま書くことにした。

犬の勝手に歩かせると、引っぱりぐせがつき、飼い主のいうことを聞かなくなる、とポメラニアンをつれたおばさんはいっていた。いきたがる方向とは逆に歩くようにしたほうがいいらしい。けど、飼い主の匂《にお》いをかぎつけていたらどうしようか。ちょっとイジワルかもしれないけれど、右にいこうとしたら左にいって、それからまた右に進もうか。

ポメラニアンは「ミミ」という名前だった。おばさんのうしろにかくれていたけど、名前を呼《よ》んだら、しっぽをふった。また会ったら呼んでやろう。きっと喜ぶにちがいない。ほえていた犬たちも、名前を呼んでやれば、少しはおとなしくなったのかもしれない。

道で会った人のことや、気がついたことも書いた。ＲＰＧのときと同じように、書きだすと楽しくてやめられなくなった。おしっこを我慢《がまん》しながら書いていたけど、我慢できなくなってきた。でも足の上にブルがいるから、動けない。だけどついに我慢も限界になって、ブルの下からさっと足をぬいて、トイレに飛びこんだ。

外に出ると、フレンチブルドッグはドアのまえで待っていた。

午後にまた出かけようとしたとき、ペットシートにうんこがしてあるのに気づいた。トイレからもどったあとも、ずっと陽太の足の上にいたから、陽太がトイレに入っているあいだにしたのだろう。トイレの外にいたのは、陽太を待っていたのではなく、うんこをしたよ、と教えにきたのかもしれない。ちょっとがっかりしたけど、かわいいな、とも思った。

うんこは小さくてやわらかかった。でもティッシュでつかんでも、くずれない。犬のうんこをつかむなんて、すごくきたなくてイヤかと思ったけど、やってみるとそうでもない。ヘンな話、犬と同じようにかわいいような気がした。

「おまえ、ちゃんと決められたところでして、えらいな」

といって、ナオが買ってきてくれていた犬のおやつを与《あた》えた。

ナオが帰ってくると陽太は、昼間に歩いた場所にマーカーをぬった地図を、自慢《じまん》げに見せた。

「こっちは午前のルートで、こっちは午後に歩いたんだ」

感心してくれるかと思ったら、ナオはちょっとけわしい顔で陽太を見た。

「携帯《けいたい》電話を持って出たか?」

陽太たちのことが気になり、電話をしたらしい。出ないのでGPS《ジーピーエス》で調べると、携帯は自宅《じたく》にあった。

「朝は持っていったんだけど……」

ナオは、陽太が初めて歩く場所にいくことや、人の少ない通りを歩くことを心配していた。

たしかに、ひとりだったら携帯電話をとりにもどったかもしれなかった。

「犬がいるから安心だと思ったのかい?」

「ちょっとは……」

「明日からはちゃんと持っていきなさい。いいね」

ナオは携帯のことでは怒《おこ》ったけど、陽太の経験をおもしろがって聞いてくれた。

「自分の飼っている犬の匂《にお》いに反応して、フレンチブルドッグが近づいてくるんだって、散歩しているおばさんたちはいってたけど、ぼくはちがうと思った。犬を飼ってない人が手をのばしてきても、同じように喜んだもの。なぜなんだろう、と気をつけて見ていたらね……」

「犬が好きな人に反応している、とかかな?」

「それもあると思う。でも、犬を飼ってるっていう人に対しても、おとなしいときもあるんだ」

「気まぐれなんじゃないか？」ナオは笑った。

「うん、それもあるかな。でもね、わかったんだ。犬は、人間の態度に反応するんだ。犬が好きでうれしくなった人が、興奮《こうふん》して近づいたら、その興奮が犬に移るみたいなんだ。落ちついて近づいたら、犬はおとなしいままだよ」

陽太はためしにやって見せた。

ソファーの上でじっとしていたフレンチブルドッグに、わーっ、かわいい、と大さわぎして近づいた。フレンチブルは耳をたおして、体全体をしっぽみたいにふって喜んだ。

「ねっ！　反対に、こわがってびくびくして近づくと、犬もおびえたりするんだ。ずっとまえのことだけど、店のまえにつながれていた犬がおとなしそうだったから、ちょっとさわりたくなって手を出したら、急にほえられたことがあった。あれは、ぼくがびくびくしながら手を出した気もちが、犬に伝わったんじゃないかな」

「そうか、そういわれればぼくにも経験があるよ。犬に人間の気もちが移るのか。よく気がついたな」ナオは感心している。

フレンチブルドッグは陽太とナオのあいだにすわって、交互《こうご》に顔を見ていた。ふたりの会話を聞いているようだった。

「で、見つけられそうか?」

「まだ一日目だし。もっと歩いてみる」

飼い主にたどりつくまでは遠いかもしれない。でも、犬の気もちにはほんの少し近づいた。

ブルの頭をなでたあと、ナオを見ると、目が合った。ナオもブルを見ていると思っていたから、
陽太はおどろいた。

「何? 携帯《けいたい》電話のこと、まだ怒《おこ》ってるの? 明日はちゃんと持っていくから」

「そうじゃない。けさ、角のところで見送ったとき、おまえたちを見て何を考えていたと思う?」

「心配だな、って?」

「ちがうよ。母さんが小学生のときに犬を散歩させていた姿《すがた》を、想像したんだ」

「母さんが犬を飼ってたのは、一、二年生のころでしょ? ぼくよりももっと小さかったよ」

陽太は校門のまえに立つ母さんの写真を思い出して、口にした。「……きょうこちゃん」

「母さんがもし元気だったら、陽太は、ぼくをナオと呼《よ》ぶように、母さんをきょうこちゃんと呼んだりしたのかな」

陽太は笑った。「母さんは母さんだよ。いや、わかんない。考えたことなかった。でも、きょうこちゃんは、犬とどこを歩いてたんだろう。その犬の匂《にお》いが、どこかに残っていたりしないか

な。いくら犬が鼻がよくても、昔のことすぎるかもね」

ナオは静かにほほえんだ。

「犬と歩いていたら、知らない大人と話したりするんだろ？」

「そう……苦手だけどね」

ナオはもちろん、陽太の性格をよく知っている。

「でも、探偵《たんてい》や刑事《けいじ》は、聞きこみをしないとな」

「うん、でもみんな、ぼくじゃなく、必ず先に犬のほうに話しかけるんだ。犬は答えられないから、ぼくがかわりに答えるしかない。最初は緊張《きんちょう》したけど、犬のうしろにいれば平気だってわかったよ。自分のことだったり、自分ひとりだけだったら、ちょっとこまるだろうけど」

「こいつは陽太の子どもみたいなものなんだな。まるで犬の保護者だ」ナオは笑った。

「そんなんじゃないよ」

陽太はてれくさくなった。リーダーになれ、といったホームレスの言葉を思い出した。陽太とフレンチブルドッグのチームでは、リーダーは陽太なのかもしれない。

「うんこの世話とか、たいへんじゃないか？」

「それが、くさいとかきたないとか、あまり思わなかった。まえは、道ばたに犬のうんこが落ちていたら、すごくイヤだと思ったのに」

「ああ、そういうもんさ。おまえが赤ん坊《ぼう》だったとき、おしめの世話をイヤだと思ったことはなかったからね。おしっこが顔にかかったこともある。でも、はらが立たなかった。自分の大切な子だったら、うんこだっておしっこだって、かわいく思えたりするんだよ」

フレンチブルドッグは陽太にとって、子どもみたいなものなのだろうか。たしかに、シートの上にしたうんこを見たとき、ちゃんと決められたところで、下痢便《げりべん》でないのをしてくれたことがうれしかった。

ナオはフレンチブルドッグの背中《せなか》をさっとなでて、お茶をいれに立った。陽太はナオのうしろ姿《すがた》を見ながら、小さかった自分のおしめを替《か》えてくれているナオの姿を想像した。それはナオというよりも、父と呼《よ》ぶのにふさわしい姿だった。

「父さん……じゃなくてナオ」

「どっちだっていいよ」

「明日は携帯《けいたい》をちゃんと持ってくよ」

「そうだね。まあ、持ってなくても、おまえたちならちゃんと帰ってこられるだろうけど。きょうこちゃんも、それからナオも、携帯電話なんか持たずにどこにでもいった時代の子どもだったんだ。時代は変わったけど、変わらないものもあるからね」

何が変わらないのかナオはいわなかったけど、きっと心ということなのだろうと陽太は思った。

今日は一日じゅう歩いていたから、とてもつかれた。こんなに長く奈良《なら》の町を歩いたことはなかった。もしかすると東京にいたときも、こんなに外を歩いたことはなかったかもしれない。学校やショッピングモールですごしたことならあっても、ほとんどは屋根の下だった。モールに行くと、食べものやマンガや文房具《ぶんぼうぐ》を買ったりした。ほしいものがなくても、手ぶらで帰るのがさびしい気がして、何か買った。自転車で外に出るのも、やっぱりだいたい買いもののためだった。

ところが、今日は長い時間外に出ていたのに、ぜんぜんお金を使わなかった。

歩いているうちにだんだん暑くなってきて、アイスクリームを食べたくなり、コンビニに入ろうとしたが、店員さんに、犬をつれて入ってはダメ、といわれたのだ。

いわれて初めて気がついたけど、扉《とびら》には犬のシルエットにバツのマークがついていた。盲導犬《もうどうけん》はいいらしい。理由はわかるが、ちょっとむっとなった。

そういえば、スーパーマーケットの外のバーにつながれている犬を、見かけたことがある。飼い主はなかで買いものをしていたのだろう。だけど、そのあいだに犬がいなくなったらと心配で、とてもできないと陽太は思った。

陽太のお気に入りだったモールにも、犬は入れないのだろう。

お金を使わなかったというよりも、使えなかったということだ。

むだぼえしない犬のおかげで、むだづかいをしなかったってこと。明日からは、リュックにおやつも入れていけばいい。

犬にとって、ホームレスほどいい飼い主はいない、とホームレスのおじさんはいっていた。たしかに、そのとおりかもしれない。お金のないおじさんにとっても、犬はいい相棒《あいぼう》なのだろう。

ベッドに入ったが、今日のできごとが頭のなかでぐるぐるし、陽太はなかなか眠《ねむ》れなかった。リビングにもどり、段《だん》ボール箱《ばこ》のなかのフレンチブルドッグをだきあげて、ソファーでいっしょに毛布にくるまった。

フレンチブルドッグは陽太の股《また》のあいだにもぐりこんで、太ももをなめた。くすぐったくて何度も笑った。フレンチブルはひとしきりなめると、気がすんだらしく、まるくなって眠ってしまった。

犬の寝息《ねいき》と、ときどき通る車の音が遠くで聞こえるだけで、静かだった。

お昼の十二時にお寺の鐘《かね》の音を聞いたとき、夜中の十二時にも鳴るのかな、と思った。

時計の針《はり》がその時間になるには、まだだいぶある。

東京にいるときは、町のなかでお寺の鐘を聞いたことなどなかった。奈良《なら》にきてからは、何度か聞いたことはある。でも、わざわざ足を止めて聞くことはなかったし、時間を見ることもなかった。ただ、鐘が鳴っているな、と聞き流しただけだ。

お寺の鐘《かね》が夕暮《ゆうぐ》れの町にひびくのを、陽太は今日、フレンチブルドッグといっしょに聞いた。フレンチブルドッグは立ち止まり、耳をかたむけていた。時計はそのとき六時だった。昼に聞いたときは、興福寺《こうふくじ》の鐘《かね》だろうと思った。でも、夕暮《ゆうぐ》れに鐘を聞いた場所は、興福寺からだいぶはなれたところだった。地図を見ると、近くにお寺がいくつもあった。昼に聞いた鐘も、興福寺じゃなかったのかもしれない。いろんなお寺で鐘をついて、みんなに時間を知らせているのだ。

家の近くのお寺でも鳴るかもしれない鐘の音を待とうと思ったけど、起きていられなかった。鐘が鳴ったら、ブルはごそごそと起きだして、また耳をかたむけるのだろうか……。

奈良《なら》の町は山にかこまれた盆地《ぼんち》のせいか、夜のあいだに冷えこんでたまった空気が、朝になってもまだそのまま残っているときがある。ここに引越《ひっこ》してきたころ、寒さにふるえ、東京が恋しくなったことをおぼえている。扉《とびら》を開けて外へ出ると、ひんやりとした風が首すじを吹《ふ》きぬけた。去年なら外に出るのをやめたかもしれないけど、マフラーと手ぶくろをとりに帰ると、もう一度外に出た。

フレンチブルドッグは寒さなどまったく気にせず、まえへまえへと元気に歩いた。家にいるときは、あたたかいところを探《さが》すように陽太にくっついたり、ホットカーペットにのったりしているのに。

陽太が朝食にあたためた牛乳《ぎゅうにゅう》を飲んでいたとき、鼻を鳴らしてほしそうに近づいてきたのも、ぬくもりがほしかったからだろう。またたいへんなことになるかもしれないから、牛乳はあげなかったけど。心を鬼《おに》にして、一気に飲み干《ほ》した。

そのとき、卒業式に姿《すがた》を見せなかった川島《かわしま》さんの顔が頭をよぎった。

川島さんはいつも給食の最後に、牛乳をぜんぶ一気に飲み干していた。

牛乳ビンを口からはなすと、上《うわ》くちびるのあたりに、白い半分の輪が、うっすらとつもる雪のように浮《う》かびあがった。

そして、ふっと息をすると、舌でぺろりとなめた。まるでそうすると、牛乳がさらにおいしくなる、とでもいうみたいに。

舌のぺろりは、ごちそうさまといってるみたいだ、と陽太は思っていた。

川島さんの名前は久留實と書いて、「くるみ」と読む。ひっくり返せば、みるく。だから陽太は、こっそりと心のなかで、「みるくちゃん」と呼《よ》ぶようになった。

最初に会ったときから、いいなと思っていたけど、好きかもしれないと最初に思ったのは、給食の時間にそのようすを見たときだった。

ときどき陽太もまねして一気飲みをしてみた。でも、川島さんのようにはきれいに輪がつかなくて、反対にマヌケな感じになった。きっと、川島さんだからいいのだろう。

みるくちゃん……。

今日はリュックサックのなかに、携帯電話《けいたい》といっしょに、川島さんにわたすつもりだった髪《かみ》どめのシニヨンを入れてきた。川島さんの住むマンションのまえを通ることになったら、わたすチャンスがあるかもしれない。

陽太は体をあたためようと、早足で歩いた。フレンチブルドッグは短い足を一生懸命《けんめい》動かして、先にいこうとした。

陽太が少し追いこすと、フレンチブルドッグは負けるもんかというように走って、ぬき返そうとした。陽太も負けていられない。足に力を入れると、フレンチブルドッグも走りだす。

みるみるうちに陽太たちは駆《か》けっこになる。地面をける靴音《くつおと》、爪《つめ》の音、白い息を吐《は》く音がひびいた。陽太の体から、寒さがあっというまに遠のいていく。

どれくらい走っただろうか。走るのにもつかれ、息をととのえるため、立ち止まった。

ハアハアと息を吐きながら、顔を見て笑った。フレンチブルドッグも笑っている。

「おまえ、小さな体なのに、早いね」

目のまえに、コンクリートの打ちっぱなしでできた、十二階建ての大きな市営集合住宅《じゅうたく》があった。

小学校を建てかえた川島さんのお父さんは、若《わか》いころに東京で修業《しゅぎょう》をしていた。その事務所の代表が、設計したらしい。その代表は世界的な建築家で、多くの有名な建築を残している。奈良《なら》に高いビルがほとんどないのは、景観を守るためだ、と社会の授業で教わった。市営の集合住宅は数少ない高い建物だ。でも市営住宅はうっすらとよごれていて、元気がないように見えた。

小学校に通っていたとき、新しいランドセルをしょった小さな男の子がこの建物のまえで、何度もふり返っては、高い階のベランダで手をふっているお母さんを見あげる姿《すがた》を見たことがあった。同じ小学校の一年生だ。校舎の廊下《ろうか》ですれちがったこともある。

卒業式の二日後の今日は、在校生の三学期の終業式のはずだ。あの男の子は今日もお母さんに手をふってもらって、学校に向かったのだろうか。

市営集合住宅を見て立ち止まっていると、ヨークシャテリアにほえられた。

「こら、鳴いたらあかん」ヨークシャテリアをつれていたおばさんは、あわててだきあげ、住宅のなかに入っていった。

市営集合住宅のエレベーターは、壁《かべ》がガラスになっている。ヨークシャテリアをだいたおばさんがエレベーターに乗りこみ、みるみるうちに高い場所へ上っていくのが見えた。

陽太は、自分もフレンチブルドッグをだいてエレベーターに乗り、いちばん高い階から奈良の町を見てみたくなった。

エレベーターに乗りこみ、十二階のボタンを押した。下の管理人室にはだれもいなかったけど、住人に会って注意されたらどうしよう、と落ちつかない。

十二階の廊下《ろうか》に出て、外を見てみた。奈良《なら》公園の緑にかこまれて、興福寺《こうふくじ》の五重塔《ごじゅうのとう》も東大寺《とうだいじ》の大仏殿《だいぶつでん》も見えた。その向こうには、町とお寺を静かに見守るみたいに、若草山《わかくさやま》と、ほとんど人の手の入っていない原始林におおわれた春日山《かすがやま》があった。

この景色《けしき》は家々やビルが変わり、人々が移り変わっても、ずっと昔から変わっていないのだろう。

陽太はフレンチブルドッグをだき、外に乗りだすようにして景色を見せた。

「おまえの家はどこだい？　匂《にお》いがしないか？」

首のうしろにそっと手をおき、耳もとに話しかける。犬はただじーっと景色を見ていた。陽太よりも熱心だ。何を見ているのだろうか。こんな高いところにきたのは、初めてなのかな。どこかに見おぼえのある景色があるのだろうか……。

もし自分が犬で、迷子になったら、どんな気もちになるだろう。不安でしかたないかもしれない。でも、いっしょに家を捜《さが》してくれる人がいたら、きっと安心していられる。

「寒くても、歩けばあたたかくなるんだ。だいじょうぶ。見つかるさ、きっと。だから、いっぱい歩こう。いっしょにね」

市営集合住宅《じゅうたく》を出て、新しい住宅地のなかへ入っていった。

犬の鳴き声が聞こえてきた。陽太たちが近づくと、鳴き声はどんどんはげしくなる。

さくごしに見える窓《まど》の向こうに、毛むくじゃらの小さな犬がいて、飛びはねながらキャンキャンと鳴いていた。白いレースのカーテンがはずれそうなほど、はげしくはねている。自分も外に出たくて、うらやましいのだろうか。それとも、うちにはぜったいに近づくな、と怒《おこ》ってほえているのだろうか。

べつの家のガレージにつながれていたラブラドールレトリバーは、陽太たちが通っても、コンクリートのよごれた床《ゆか》に寝《ね》そべったまま、立ちあがろうともしなかった。しっぽをわずかにふったから、気がついてはいるのだろう。床のあちこちにうんこがしてあり、何日もそのままになっているような感じだった。散歩につれていってもらえないのかな。鼻がよくきくのに、近くにずっとうんこがあったら、つらいだろうな。

散歩にいける犬もいれば、いけないでたいくつしている犬もいて、飼われている犬もいろいろなんだ。飼い主しだいで犬の一生って変わるんだな、と陽太は思った。

歩いていると体がぽかぽかしてきて、マフラーをはずした。フレンチブルドッグものどがかわいたのか、持ってきた水をあっというまに飲み干《ほ》してしまった。まだほしいのか、陽太を見あげてはハアハアいっている。

庭にホースがある家を見ると、ちょっとでいいから水を分けてほしいなあ、と思った。だれか外に出てきたら、たのめるのに。

マンションや駐車場《ちゅうしゃじょう》の外で、管理人のような人がホースで水をまいているのは、ときどき見かけた。

次に広い通りに出てマンションを見つけたとき、ここで水をもらえるかも、と思った。植えこみに蛇口《じゃぐち》が見える。水をまいたばかりなのか、道路もぬれていた。

「あったぞ」

陽太はホースを手にした。ところが、ひねるための取っ手がとりはずされていた。取っ手がとりはずしできるなんて、知らなかった。そうか、勝手に使うなってことか。

フレンチブルドッグは、ホースからこぼれるわずかな水をなめようとした。

「よしよし、のどがかわいてるんだな、なんとかしてやるから」

地図を見て、近くにある小さな公園にいくことにした。

家と家にはさまれた、小さな公園だ。以前はここにも家が立っていたのだろうか。自転車でこの道を通ったことはあったけど、公園があるのには気がつかなかった。

かれた雑草《ざっそう》が目立ち、遊具はあちこちさびていた。水飲み場の流しには水あかが何本も線をえがき、蛇口《じゃぐち》をひねっても水はぽたりとも落ちてこなかった。

だれもいないのもわかる。ひっそりとした道を歩くよりこわい感じもした。

「ミネラルウォーターでも買って飲むか？　ここの水よりはずっとうまいかもしれない」

陽太は不安になった気もちをふりはらうように、大きな声でフレンチブルドッグに話しかけた。

そのとき初めて、作業着の中年男が公園のすみで、ベンチに片足《かたあし》を上げた姿勢《しせい》で、たばこを吸《す》っているのに気がついた。

「おっ、フレンチドッグか」

それは食べもの。この犬はフレンチ・ブ・ル・ドッ・グ、といってやりたかったけど、軽く頭を下げただけで外に出ようとした。

でもフレンチブルドッグは、中年男の近くにいきたいらしく、リードを引っぱった。

「おにいちゃん、このフレンチドッグはナンボや？」

ナンボって？　この人にはほんとうに、犬が食べものに見えるんだろうか。

「この犬、高いんやろ？　うちの娘《むすめ》がほしがってるんやけど。安い犬にしとけというても、聞かんのや。どこで買《こ》うた？　ナンボした？」

「えっ、ナンボって？」

いきなり値段《ねだん》を聞かれるなんて、思いもしなかった。

「そやな。おにいちゃんがお金を出したんやないやろし、知らんな。でも、こりゃ上等の犬やで。お父さん、ボーナスをはたいたんちゃうか。散歩か？」

「あっ、はい」

「わかった、水やな。せやろ？　止められてるんや。飲んでおなかをこわすガキがいるやろ。それに、水が出ると、ホームレスが砂漠《さばく》の民《たみ》みたいに集まってきて、ここに住みつくかもしれん。それにな、教えたるわ。公園にはペットをつれてきたらあかんことになってんねん。そこの掲示《けいじ》板《ばん》に書いてあるやろ」

たしかに、公園の利用規則が書かれている。だけど、男がさっきから吸《す》っているたばこも、ちゃんと禁止と書かれているのに。

「べつにかまへんとワシは思うけど。たばこもちゃんと吸いがらを捨《す》てて、犬もちゃんとうんこを持って帰ったらええだけのことや。子どもも遊んでないのにな。昔はそんなややこしいことはいわんかったのに。ほんま、しょーもない世の中になってしもた。あー、しょーもない」

中年男は歌うようにいいながら、去っていった。

ヘンな人だな、と思ったけど、陽太も、しょーもない、と思った。

「あー、しょーもない、しょーもない」公園を出ながら、男のまねをしていってみた。アクセントは似《に》せられなかったけど。

フレンチブルドッグは男には興味がなかったのか、最初にちょっと近づこうとしただけだった。

「おまえが、ナンボだって？　バカいうんじゃないよ」

犬の写真がいろいろ載《の》っているペットショップのチラシを見たことがあった。どの犬も、お年玉をためても買えるような値段《ねだん》ではなかった。自転車より、ゲームマシンより、タブレットPC《ピーシー》より高かった。生きものだから当然だろう、と思ったけど。

犬の名前を聞かれるのもこまるけど、いきなり値段《ねだん》を聞かれるなんて、なんなんだ。

あの人は、自分でもいっていたように、娘《むすめ》に買ってとせがまれたのだろう。もっと安ければ買ってやれるのに、とつらい気もちなんだろうか。

大人は、とくに男は、犬を見るとまず、こいつはいくらするんだ、と思うのだろうか。

たしかに犬はペットショップで売られているし、このフレンチブルドッグも、いくらかのお金と引きかえに飼い主のところにいったのだろう。

そう考えると、ちょっとイヤだった。ちがう、ちょっとどころか、だんだん、すごくイヤな感じがしてきた。

「しょーもな。ねえ」と、陽太はフレンチブルに話しかけた。しょーもないのは、動物をお金でしか見られないあの男だ、と思った。

自動販売機《はんばいき》で水を買ってもよかったけど、さっきよりもさらに買う気になれなくなった。

水を求めて、奈良《なら》公園を目ざすことにした。

公園内にある興福寺《こうふくじ》の南円堂《なんえんどう》に、手水舎《ちょうずしゃ》があった。流れる水を両手にためて、ブルの口もとに持っていってやったら、舌をいそがしく動かして飲み干《ほ》し、陽太の手のひらまでぺろぺろなめた。犬が飲むよりも、手のひらのあいだからこぼれる水のほうが多い。何度も手のひらに水をためては、犬の口もとに運んだ。

ブルはそれでも飲みたりないのか、地面にこぼれた水に顔を近づける。待てよ、もっとやるから、と陽太はいって、また手のひらに水をためた。

少し多めにさい銭《せん》を入れた。水をいただいてありがとうございます。ぶじに飼い主が見つかりますように。陽太は手を合わせた。

それから、「おまえも祈《いの》れよ」と、フレンチブルドッグをだきあげて、前足の肉球《にくきゅう》を合わせた。

公園にはあちこちに鹿《しか》の姿《すがた》があり、小さな黒い粒《つぶ》のうんこが、木の実が落ちてるみたいに芝生《しばふ》にころがっていた。

ブルは鹿のフンには興味がないのか、鼻も近づけなかったけど、鹿を見ると足を止めて、じっとしていた。

鹿たちは、鹿せんべいを手にした観光客のまわりに集まっている。

フレンチブルドッグも、鹿せんべいが食べたいのかな？　陽太は売り子からひとふくろ買ってみた。鹿がよってきたが、犬がこわいのか、近くまではこようとしない。

ブルはせんべいよりも鹿のほうが気になるらしく、じーっと見つめている。鹿はうらめしそうにせんべいを見たあと、突然《とつぜん》はねて逃《に》げだした。

ブルが追いかけようとしたので、陽太はリードを引いて止めた。手から鹿せんべいが落ちて、ふんづけてしまった。われたせんべいを拾ってほこりをはらって、ブルの口先に持っていってやったけど、食べなかった。

「せっかく買ったのに。せんべいよりも鹿のほうがいいのか？」

匂《にお》いをかいでみたら、ふつうのせんべいとはぜんぜんちがうにおいだった。

少しはなれたところで鹿たちが、観光客の手からもらった鹿せんべいを、上の歯と下の歯を左右にこすりあわせるようにして、おいしそうに食べていた。

「鹿は神の使いなんだってさ。春日大社《かすがたいしゃ》の神さまが、鹿に乗ってやってきたらしい。ナオが初めてこのへんにつれてきてくれたとき、そういってたよ。ここにいる鹿は、その子孫なのかもな」

陽太の説明を、ブルはじっと聞いていた。

そのとき、外国語で何か話しかけられた。バックパックをせおった、金髪《きんぱつ》の若《わか》くて元気そうな女の人だ。

京都《きょうと》にくらべると、奈良《なら》を訪《おとず》れる外国人の旅行者は少ない、とナオが話していた。でも、奈良は京都よりも歴史が古く、日本という国の形が始まった場所だから、日本をより深く知りたい外国人は、足をのばしてやってくるらしい。

そばかすのある金髪《きんぱつ》の女の人は、長くて細い指でフレンチブルドッグを指し、早口で何かいっている。

英語だろうか。わからない。まえにもこの近くで、外国語で道を聞かれて、どうしていいかわからず、逃《に》げたことがあった。

フレンチブルはこわがるようすもなく、いつものように耳をたおして立ちあがり、口を開けて体をゆすった。

そばかすの女の人はそれを見て、大きな目をこぼれそうなほど見ひらいて、喜んでいる。たいていの観光客は鹿《しか》のほうに夢中で、フレンチブルドッグには目もくれないのに。フレンチブルドッグのほうがめずらしいと思うような国からきたのだろうか。

女の人は、赤ん坊《ぼう》をあやすようにチュッチュッと舌を鳴らしたあと、陽太を見て、次々と外国語を投げかけた。犬好きのおばさんたちのように、陽太を透明《とうめい》人間みたいに無視《むし》してくれればいいのに、まるでようすがちがう。

感じのいい女の人だし、さわやかな、初夏を思わせるいい香《かお》りがする。

陽太はこまってしまい、「フゥレェンチ・ブゥルドォッグ」と、外国語らしく聞こえるようにわざと大げさにいって、犬を指さした。

女の人は何度も深くうなずき、スマートフォンをとりだした。写真をとりたいのかと思って、オッケーオッケー、シャシン、オッケー、というと、ちがう、と手をふり、陽太に画面を見せてくれた。

女の人が、家のまえでクリーム色のフレンチブルドッグといっしょに写っていた。この人の家らしい。

「おねえさんの犬？　飼ってるの？」

女の人はうなずき、白い歯を見せて笑った。そして胸《むね》に手をあてて目を閉じ、首を横にふった。

「おうちでおるすばんしてるんですね」

女の人はフレンチブルドッグのほほをなでると、だきあげて、ぎゅっと強くだきしめた。

女の人が去っていくとき、ブルはあとをついていきたそうにした。陽太がしゃがみこんで、背《せ》中《なか》をなでてやると、ブルは陽太の足に体をすりつけてきた。

あまえている。でも、どうしてだろう。一生懸命《けんめい》何かを伝えようとしているようにも見える。

ブルの体には、女の人がつけていたさわやかな香りが残っていた。海の向こうでるすばんをしているフレンチブルドッグの体も、同じ香りがするのだろう。陽太は胸がきゅんとなった。

「いこうか」

陽太はまたフレンチブルドッグと歩きだした。

どこかにいるこのフレンチブルドッグの飼い主は、どんな匂《にお》いのする人なんだろう。

4

テレビの天気予報では、桜の開花予想が始まった。

ブルをつれて外へ出た陽太《ようた》は、日ざしの強さや風のあたたかさから、日ごとに季節が進んでいくのを、体のなかに感じた。

マフラーはリュックに入れたままで、手ぶくろもジャンパーのポケットに入れっぱなしのことが多くなった。花粉症《かふんしょう》の人がつらそうにくしゃみをする姿《すがた》も、ときどき見かけるようになった。

春はもうそこにきている。へいごしに見える木に、ほのかな赤い色の花が咲《さ》いている。

いっしょに歩く時間がふえるにつれ、ブルは陽太のいうことをよく聞くようになった。

家のへいのまえでおしっこをしようとしても、ダメだよ、と引っぱると、すなおにやめてついてくる。

陽太が信号で立ち止まると、ブルも止まって待つ。

道路の向こうにある車の販売店《はんばいてん》の大きな窓《まど》ガラスに、陽太たちの姿《すがた》が映っていた。小さなした。

「きょうこちゃん」だったときの母さんが、黒い犬をつれて歩いている姿が、だぶるような気がした。

「きょうこちゃん……」

陽太がつぶやくと、自分が話しかけられたとかんちがいしたのか、ブルが陽太の顔をじっと見あげた。陽太は犬の大きな目を見て、笑顔《えがお》でうなずいた。

コンクリートの打ちっぱなしでできた市営集合住宅《じゅうたく》に、もう一度いってみた。

奈良《なら》の町の多くの通りは、千三百年まえに都《みやこ》があったときそのままの位置に作られている。家に帰って、歩いた道を青いマーカーでぬっていくと、社会の教科書で見たことのある、碁盤《ごばん》の目のような通りと同じものが浮《う》かびあがってきて、おどろいてしまった。

高いところから見たら、もっとよく通りの位置がわかるかも、と期待して、市営集合住宅にもう一度いってみたのだ。でも、通りを見おろすだけの高さはないようだった。

あきらめて、フレンチブルドッグをだき、エレベーターに乗った。扉《とびら》が開《ひら》くと、エレベーターの奥《おく》にある大きな鏡に陽太たちの姿が映った。フレンチブルドッグはべつの犬がいると思ったのか、耳をぺたんとたおして喜んだ。

「ちがうよ、おまえだよ」

陽太は鏡にブルを近づけた。つぶれた鼻がぶつかるほど鏡に近づけてやると、ブルはまばたきもせず、真剣《しんけん》に見ていた。鼻息で鏡がくもっている。

犬はそこに映っているのが自分だと、わかっているんだろうか。鏡に映る陽太のほうにも目をやっている。陽太が歯を見せて笑っても、犬は真剣な顔でじっと鏡のなかの陽太を見ていた。

「鏡だよ、わかる?」陽太は鏡に映る犬に話しかけた。

そのとき、「犬の飼育は禁止です」というはり紙が目に入った。このまえヨークシャテリアをだいたおばさんが乗っていたのに。禁止なのだとは知らなかった。

下りていく途中《とちゅう》で、お母さんと子どもが乗ってきた。三人にくわえて犬までいっしょに乗っていると、ちょっときゅうくつだった。陽太は犬のことを注意されないかと心配で、ブルをかくすようにぎゅっとだいていた。

エレベーターが降《お》り始めると、お母さんが子どもにひそひそと話しかけた。なんといっているかはよく聞こえない。犬を乗せちゃいけないのにね、と子どもに話しかけたりしているんじゃないか……。

陽太よりも背《せ》の低い子どもは、お母さんのうしろにかくれるようにして、小さな声で返事をしている。

こわい、といってるのか、それとも、禁止なのにね、といってるのか。陽太は目を閉《と》じて、早く扉《とびら》が開《ひら》いてほしいと思った。

「うん、かわいい」

子どものかすれた小さな声が、そういったのが聞こえた。陽太は目を開けた。子どもがはにかんだ顔で笑い、お母さんがにこにことうなずいた。

外に出て、フレンチブルドッグを道路に下ろしたあと、さっきの子は同じ小学校にいたあの一年生だった、と気がついた。

親子は、陽太たちとは反対の方向に手をつないで歩いていった。

いまのお母さんは、学校へ向かうあの子に手をふっていた人にちがいない。

陽太は市営集合住宅《じゅうたく》を見あげた。ベランダで洗濯物《せんたくもの》が風にゆれていた。白いタオルや青いバスタオルといっしょに、陽太の卒業した小学校の体操服《たいそうふく》もゆれていた。

家に帰ると、地図の集合住宅の場所に、バスタオルの青い色をぬった。

地図を見ていると、いろいろなことを思い出した。

地図ではまだ田んぼになっているけれど、陽太が小学校に通っていたときにもう、住宅地にするための造成《ぞうせい》が始まっていた場所もある。もう少しすればなくなってしまう運命の田んぼの横には、新しい電柱が立ちならび、新しいアスファルトがのびていた。「分譲《ぶんじょう》売出中」の旗があちこちに立っていた。

その造成地にいったとき、フレンチブルドッグは、新しい電柱のどこに自分の匂《にお》いをつけようかと考えているみたいに、電柱のまわりをうろうろしていた。陽太は待ちながら、かたわらの空き地に目をやった。

そこは道路よりも四、五十センチくらい低く、均一《きんいつ》に掘《ほ》られていた。ただの空き地ではなく、浅い穴《あな》が規則正しく並《なら》んでいて、作業着の人たちが地面にしゃがんで、掃除《そうじ》でもするような手つきで働いている。

電柱を立てるための穴にも見える。でも、敷地《しきち》のなかに電柱はいらないはずだ。

不思議そうに見ていたら、作業員のおじさんが話しかけてきた。

「ワンちゃんもいっしょに掘ってくれるか?」

もうひとりの作業員のおじさんもいった。「宝物《たからもの》が出てくるかもな。ここ掘れワンワンだ」

フレンチブルドッグは喜んで耳をたおした。

「平城京《へいじょうきょう》の時代の人も、犬を飼っていたらしいよ。発掘《はっくつ》したところから、犬のえさのことを書いたらしい木簡《もっかん》が、出てきたことがあるんだと。このあたりを散歩していたのかもな」

「犬は大昔から、人間のだいじな友だちだったからな」

建築作業員ではなく、遺跡《いせき》の発掘をしている人たちのようだ。穴は、かつてあった住居の柱の位置にあたるらしい。

ひとりの作業員がよごれた手ぶくろをはずして、フレンチブルをなでた。「よしよし、いい子だ、いい子だ」

「あの……何かめずらしいものでも、出たりしたんですか？　ニュースになるような」

作業員は笑った。「いや、たぶん、ここにあったのはふつうの家だよ。有名なえらい人が住んでいたわけでも、なんでもない。でもふつうだって、たいしたものだ。住んでいた人にとってはだいじな暮《く》らしだったんだからね」

「おじさんたちは、掘《ほ》っていいって許可が出たら、とにかくこうしてせっせと掘るんだ。あのころの暮らしがどんなものか、もっと知るためにな」もうひとりの作業員がいった。

いつか陽太の家が、だれかの手で地面の下から掘りだされても、あらわれるのはやっぱりふつうの暮らしだろう。そしてさらにその下を掘れば、陽太たちよりも昔に暮らした人たちの跡《あと》があらわれる。もしかするとそこには、大発見といえるものがあったりするのだろうか。

発掘現場《はっくつげんば》のあった場所を地図で見ながら、陽太はそんなことを思った。

そこから少し南にいったところの地図には、「エライとほめられた。3／23夕方」という書きこみがあった。

フレンチブルドッグといっしょに信号を待っていると、知らないおばさんが、えらいね、と話しかけてきたのだった。陽太の母さんが生きていたら、同じくらいの歳《とし》だろうか。

陽太は、ほめられたぞ、とフレンチブルドッグに目で話しかけた。

おばさんはいった。「ぼくが犬と散歩しているのを、えらいっていったのよ。うちも、息子がペットショップでほしいというから、犬を買ったの。でも、散歩につれていったのは最初のうちだけ。ぜったいするって約束したのに。いまでは学校から帰って、ちょっと頭をなでてやるだけ。遊んでやりもしないの。いまじゃ散歩はわたしの役目なのよ」

たしかに、犬をつれて歩く人には何人も会ったけど、大人か老人ばかりで、子どもや学生はまだ一度も見たことがなかった。

「まあ、いいかげんでたよりない息子だから、あぶなっかしくてまかせられないけどね。ワンちゃんと散歩するのは、めんどくさいときもあるけど、楽しいのにね。がんばっていってらっしゃい」

陽太はうれしくなった。

もしぼくがこの犬を買ってもらっていたら、どうだっただろう。初めのあいだしか、まじめに散歩しなかっただろうか。

陽太はフレンチブルドッグといっしょにいると元気が出たし、かわいいと思っていた。

最初に会ったときは、犬らしくないヘンな顔で、ブタみたいだと思っていたのに。

ポメラニアンやプードルやヨークシャテリアやチワワといった、小さくて毛の長い犬とくらべれば、かわいくないという人もいるかもしれない。

「ぶさかわいい」という言葉を、学校で聞いたことがある。フレンチブルドッグの顔はそういう感じなのだろう。でも、「ぶさ」をつけなくてもかわいい、と陽太は思った。

地図の余白には、「弱虫男」という書きこみもあった。

小学生の男子たちと何度かすれちがったことがあった。高学年もいれば、低学年もいる。マンションの近くだったから、そこに住む子の集まりなんだろう。

ゲーム機で遊びながら歩いている子もいる。にぎやかにワイワイいいながら、せまい道路いっぱいに広がって歩いていた。

その子たちのようすが、陽太たちが近づくと変わった。

いつもならこっちが道のはしによけるのに、男の子たちのほうが陽太たちをよけた。

犬がいるせいだ。

大きな犬じゃないし、ほえているわけでもない。ひざほどの高さしかない犬だ。それなのに、犬をこわがっているのがわかった。

何度か同じようなことがあった。そのうち、全員がこわがっているわけじゃない、ということもわかってきた。

興味があるのに近づけない感じの子もいた。

いちばん強そうな男の子は、友だちの話にあいづちを打ちながら、フレンチブルドッグが飛びかかってこないか、と横目でちらちら見ていた。そして、通りすぎるといった。

「フレンチブルドッグや」

なぜ、すれちがったあとに犬の種類をわざわざいうのか、よくわからなかった。でも、同じ年ごろの小学生の女子の集団とすれちがったとき、女の子たちの反応を見ていると、なんとなくわかってきた。

女の子のなかにもこわがる子はいたけど、男子よりは少なかった。

女の子たちは「かわいい」と口々にいい、さわってもいいかとたずねてきて、ほんとうに手をのばしてくる子もいた。男子はぜったいにしなかったことだった。

うちの近くに同じのがいるよ、と、その犬の話を聞いてほしそうに何度もいっていた女の子もいた。

男子みたいに、フレンチブルドッグや、と犬種をいう子はひとりもいなかった。

かわりに女の子たちは、「かわいい」という言葉をくり返していた。

「かわいい」は、女の子たちのあいだでは、口ぐせみたいなものだ。教室で聞いていたときは、うるさく思うこともあった。

でも、女子はなんでもまず、「かわいい」で始まるんだな、と思った。

男子はかわいいなんてぜったいにいわないかわりに、犬種を口にする。それも、どこかこれ見よがしな、えらそうな態度で。

オレはおまえがフレンチブルドッグって種類だと知ってるぞ、といって、強がっている感じだ。

ほんとはビビっているくせに。

男子ってかっこ悪い、と陽太は思った。もっとも自分も、女子のようにすなおによその犬を「かわいい」といったりはできないだろうけど。

同じクラスだった川島《かわしま》さんを初めて見たときも、かわいい、と思った。でも口に出すことも、態度で示すこともできなかった。

いまも、川島さんの家によってシニヨンをわたそうと思っているのに、なかなか実現できないでいる。フレンチブルドッグが川島さんちの近くへいこうとしたら、わざと進路を変えるほどだ。

「みるくちゃん」とつぶやいて、川島さんの住む通りからはなれる。見知らぬ大人たちと話せるようになっても、好きだと思うコのまえに立つには、まだ時間がかかりそうだった。

フレンチブルは、川ぞいに並《なら》ぶ住宅地《じゅうたくち》のなかによくいくようになった。

このへんに住んでいたのだろうか？　陽太は、犬をつれている何人かの人にたずねてみた。

だが返事は、こんな犬が歩いているのは見たことがないね、とか、フレンチブルドッグを飼っている人は知ってるけど、その犬は迷子《まいご》になってはいないね、というものだった。

ブルがこのあたりにきたがるのは、あのホームレスと歩いたことがあるからなのだろうか。

柴犬《しばいぬ》をつれたおばさんがいった。「見かけたことあるよ」

「えっ、ほんとですか」

「あなたがこのワンちゃんと歩いているのをね」

「ええ……いつもこのへんにきたがるんです」

「あら、どうしてだろうね。ほかの犬の匂《にお》いや、おしっこの匂いに反応しているのかな」

陽太もなんとなく、そんな気がしていた。

やっぱり、犬の鼻をたよりにもとの家を捜《さが》すのはむずかしいのだろうか。

迷い犬や猫《ねこ》や文鳥を捜すはり紙が、電柱や町内掲示板《けいじばん》にはってあるのも、ときどき見かけた。

でも、フレンチブルドッグを捜している人はいなかった。

「子猫生まれました。さしあげます」というはり紙を出している家もあった。

「迷子のフレンチブルドッグいます。連絡《れんらく》ください」とはり紙を出してみようか、と陽太も思った。

その夜、はり紙には写真がいるよね、と考えて、ブルにデジカメを向けてみた。ブルは目をそらした。無理やり顔を向けさせると、テーブルの下へ逃《に》げてしまった。なぜいやがるんだよ、と追いかけているとき、電話が鳴った。

夜勤《やきん》のナオが、家のようすを聞くためにかけてきたのだった。

テーブルの下にかくれていたのに、ブルは陽太が話しだすと出てきて、ナオが買ってきた骨《ほね》の形をしたおもちゃを棚《たな》から自分でくわえてきて、陽太の横でかじりだした。

犬はどうしてる？　とナオが聞いたので、ぼくが電話に出たらおもちゃの骨をかじりだしたよ、と答えた。

「まえにも同じようなことがあったんだ。電話を切ると、ぴたりとやめて、もう遊ばなくなるんだ」

「犬は、電話の向こうにいるだれかと話しているなんてわからないだろ？　陽太がひとりでしゃべってるから、ヘンだな、と思うんじゃないか？　相手の姿《すがた》が見えなくて落ちつかないから、骨をかむのかもしれないな」

「ふうん、そうかも。けど、お気に入りのおもちゃを見せびらかして、ほら、いいでしょ、こっちにこない？　って、ぼくの気をひこうとしてるようにも見えるよ」

ナオは笑った。「そんなおもしろい話を聞くと、早く帰りたくなるなあ」

「今夜遅《おそ》くから、雨だって」

「もうふりだしてるよ。でも春の雨は、ふるごとにあたたかくなるからね。同じ雨でも、いい雨だ」

ナオとの電話を終えると、フレンチブルドッグはやっぱり遊ぶのをやめた。おもちゃの骨はお気に入りだから、陽太が手に持ってかじらせることもあった。でも、電話中に勝手にかじりだすときは、いつもより熱心に見えた。

「おまえも電話で話したいの？」

頭をなでながら、「おまえ」じゃなく、ちゃんと名前で呼《よ》んでやりたくなった。でも名前がわかるときは、うちからいなくなるときなんだ。川島さんをひそかに「みるくちゃん」と呼んでるように、秘密《ひみつ》の名前をつけてみようか。でもそんなことをしたら、いつかやってくる別れの日がつらくなる気がした。


翌日《よくじつ》は雨で、出かけられなかった。

フレンチブルは陽太のまえにすわり、あまえるようにウーンウーンとうなった。窓《まど》のカーテンを開けて、おまえの苦手な雨だよ、と教えてやっても、ブルはせつなそうな目をして陽太を見あげている。

仮眠《かみん》を終えたナオがふたたび昼からの仕事に出るとき、陽太もブルをつれ、傘《かさ》を持って外へ出てみた。フレンチブルドッグはぶるぶると何度も体をふり、雨をふりはらっている。ナオのあとを追うように歩いたのはほんの数メートルで、陽太を無視《むし》して家に駆《か》けもどってしまった。犬はもともと雨がきらいなんだろうか。それとも、犬と遊べない犬がいるように、人間に飼われている犬は過保護《かほご》なのだろうか。

雨がやむのを待つのにもつかれて、掃除機《そうじき》をかけることにした。フレンチブルドッグは掃除機が動きだすと、部屋のかたすみにかくれて、そっとようすをうかがっていた。

音がこわいのだろう。

東京にいたころも、陽太はかんたんな料理や洗濯《せんたく》はしていたが、掃除はナオの担当《たんとう》だった。こっちへきてから、不規則な時間に仕事に出るナオにかわり、掃除もするようになった。楽しくはないけれど、古い家に残る傷《きず》を見つけたりすると、母さんのつけたものだろうか、と思ったりした。

掃除を終えてスイッチを切ると、ブルはのそのそと出てきた。いつもはそのまま掃除機をしまうけれど、T《ティー》字型のノズルをとり、先のとがったのに変えて、ふたたびスイッチを入れ、服についた犬の毛を吸《す》うことにした。

またかくれると思ったのに、ブルは陽太にくっついてきた。あれっとおどろいて見ると、耳をたおしている。

「こわいぞー」とノズルをかざすと、おしりを向けて背中《せなか》をさしだしてきた。

ためしにノズルを近づけても、逃《に》げださない。

吸ってほしいらしい。

音がうるさいのも、吸いこむのも同じなのに。T字型の吸いこみ口は苦手でも、とがったノズルは好きで、体を掃除するようになでられるのがうれしいようだった。

「気もちいいのか。おまえ、どこでこんなことをおぼえたんだ？　変わった犬だなあ。犬ってみんなそうなのか？」

陽太はうるさくひびくモーターの音に負けない大きな声で話しかけながら、とがったノズルでブルの体を吸ってやった。


雨がやむと、奈良《なら》の町は春にまた一歩近づいたように、淡《あわ》い色とほのかなぬくもりを持ち始めた。

春がきたって、うれしくないと思っていた。でも、いつのまにか春を待っている自分がいた。気温とは関係ない。春になれば、いいことがある予感がするのだ。フレンチブルドッグの飼い主が見つかることかもしれない。それとも、ちがうことなのかもしれない。わからない。でも、春は新しい季節以上の何かを、陽太のもとに運んでくるように思えるのだ。

古い家が立ちならぶ路地《ろじ》を歩くと、長くのびた土塀《どべい》の上に見える木々の梢《こずえ》に、つぼみがつき始めていた。このあたりの家にはたいてい、切妻《きりづま》づくりのりっぱな屋根と、古くて大きな門がある。開《ひら》いた木の門から見える、松の木が生えた庭の向こうには、よく使いこまれた農機具や、耕耘機《こううんき》があった。古い農家が多い地区なのだ。

入り組んだ路地《ろじ》をぬけて、広い道に出た。通りの向こうを警備員《けいびいん》が歩いていた。フレンチブルドッグは警備員を見ると、走りだした。

警備員が立ち止まると、手を上げた。ナオだ。陽太とフレンチブルが走っていくと、ナオは飛びついてきたブルを両手で受け止めて、頭や体をもみくしゃにするようになでた。

「こんなところで何してるの？」陽太は聞いた。

「畑だったところにマンションが建つから、あっちで工事車両を誘導《ゆうどう》してるんだ」

「こんなのんびりしたところにも、マンションが建つんだね」

「農家はあとつぎがいないからね。おまえこそ、こんなところまで歩いてきたのか？」

家からは一時間近くかかる場所だった。

フレンチブルドッグを飼っている、という人に会ったとき、この犬種はだいじにされるから、ふつう庭につないであったりはしないよ、といわれた。たしかに、犬を飼っている農家はよくあったけど、庭先にいるのは番犬になる、よくほえる柴犬《しばいぬ》が多かった。

「もちろん、飼い主捜《さが》しだよ。でも、ほんとはちょっとちがうかな。ここへきたのは、もう二度目なんだ。じつは気に入った場所があって、またきたくなったんだ」

「へーっ、案内してほしいな。いま休み時間だから、弁当を食べる場所を探《さが》して歩いてたところだったんだ」

「それならぴったりのところだよ」

家《いえ》なみのあいだに、さびかけた鉄の門があった。

両わきに桜の木が並《なら》ぶ石畳《いしだたみ》の通路が、まっすぐ奥《おく》へとのびている。門は少しだけ開《あ》いていた。

初めてここにきて、フレンチブルドッグが入っていこうとしたときは、大きなお屋敷《やしき》の入口かと思い、陽太はためらった。でも表札ではなく、開門《かいもん》と閉門《へいもん》の時間を知らせる案内板があったので、民家ではないことがわかった。それでもちょっと入りにくい感じがして、おっかなびっくり、フレンチブルのあとについて入ったのだ。

通路の桜の木に、花はまだなかった。でも、まえにきたときよりはつぼみがふくらみ、遠くから見ると、うすく色づいて見えた。

フレンチブルドッグは花を見あげて、ブーッと鼻を鳴らした。

「ぼくたちにはわからないけど、桜の匂《にお》いがもうするのかな」ナオがいった。

通路をぬけると、広い野原が開《ひら》けた。だれの姿《すがた》もなく、ところどころに雑草が生えている。その向こうに、こんもりとした横長の小さな丘《おか》が横たわっていた。

丘の上のかたがわは、うっそうとした雑木林《ぞうきばやし》になっている。反対がわはところどころ短い草が生えているだけで、地面がむきだしになっていた。

「公園みたいだけど、ちょっとちがうね？」ナオがさぐるようにいった。

ふみわけ道を歩いて、丘に上っていった。下の地面からの高さは二十メートルくらいだろう。てっぺんに立つと、目のまえいっぱいにのんびりした景色《けしき》が広がった。

田んぼをところどころにはさみながら、住宅地《じゅうたくち》が広がっている。高架橋《こうかきょう》があったり、ビルが立っていたりするけど、車の量も少ないし、ビルも高くない。

ぽつんと五重塔《ごじゅうのとう》が立っている。薬師寺《やくしじ》や唐招提寺《とうしょうだいじ》があるあたりだろう。

そのへんから、地面はじょじょに高くなって、大阪《おおさか》と奈良《なら》の県ざかいにある生駒山《いこまやま》に続いている。山の上には、テレビの電波塔《でんぱとう》が何本も並《なら》んでいた。遊園地もあるらしい。若《わか》いころ、母さんといったことがある、とナオが教えてくれた。

どの家もビルも、絵にかいてあるみたいに見えた。車が走っているのに、景色が止まっているように見えるのは、静かなせいだろう。昔の時代にいるようだ。

「あのさ、じつはぼくも、ここで弁当を食べようかと思って……」

陽太はてれくさそうに笑い、草の上にすわって弁当箱をとりだした。

卵焼《たまごや》きにコロッケ、かぼちゃの煮物《にもの》に高野豆腐《こうやどうふ》とトマト。ナオが作った、同じ中身の弁当がふたつ並《なら》んだ。ナオのほうがたくさん入っている。

陽太は卵焼きを少しちぎって、フレンチブルドッグにやった。ほんのひとかけらなのに、フレンチブルは夢中で食べた。

「こういうところで食べると、弁当がうまいな。いったいここは、なんなんだい？」

「聞くと、おいしくなくなるかもよ？」

「おい、ヘンなことをいうなよ」

「だって、お墓《はか》なんだよ。といっても、もうだれも埋《う》められてないみたいだから、もとお墓ってことかも」

「えっ、じゃ、古墳《こふん》か？」

ナオはおしりの下の地面を見て、少し腰《こし》を浮《う》かせた。陽太は説明した。

「石畳《いしだたみ》の横に看板《かんばん》があるのを、こないだ、帰りに見たんだ。てっぺんでこいつがおしっこをしちゃってたから、あせったよ。このあたりの村のいい伝えで古墳《こふん》っていわれてて、ずっと守られていたけど、ほんとうかどうかわからないから、昭和の時代に調査したらしい。そのとき初めて、ほんとうに古墳だとわかったんだって。でも、ずっと昔に盗掘《とうくつ》されていたから、だれのお墓なのかまではわからなかったらしい」

奈良には古墳がたくさんあり、多くは天皇《てんのう》や位《くらい》のある人がほうむられていた。そうした古墳はきびしく管理されていて、かんたんに入ることはできない。

「きっと、当時はえらい人だったんだろうな」とナオ。

「でも、ここにはだれもこないんだよ。ぼくらにはいいけど。人気《にんき》がなくてちょっとかわいそうじゃない？」

「いや、ここに眠《ねむ》っていた人にとってはいいんじゃないか？　観光客にうろうろされるよりは」

「そう思う？　ぼくもそう思ったんだ。ここにいると、昔の時代がどんなだったか、感じられる気がしない？　見晴らしがいいせいもあるけど、空気もおいしいみたい」

ナオは弁当を食べる手を止めて、陽太を見た。「去年の春、奈良《なら》の有名な観光地につれていったときは、なんだかたいくつそうだったけど。おまえ、少し変わったな」

「まあね」陽太は、はずかしいのをかくすためにごはんをほおばり、ブルにトマトをひときれやった。

場所が気に入ったというのもあるけど、自分の足でここを見つけたことが大きい気がした。ここは教科書に出てくる歴史のある遺跡《いせき》だよ、といわれてつれてこられていたら、ああそうか、試験に出るかな、と思うだけで、気に入ったりはしなかっただろう。

ナオはハシを止めて、だまって景色《けしき》を見ていた。

ここに母さんがいて、三人いっしょに弁当を食べられればよかったのに、と陽太は思った。でも、それはぜったいに口に出したくなかった。

「おとなしいな。何を考えているんだ、おまえ」

ナオが、地面に寝《ね》そべるフレンチブルドッグの頭や背中《せなか》をなでながらいった。犬は気もちがいいのか、目を細めた。

「あのね、フレンチブルドッグに話しかけるでしょ。でも、鼻でブウ、とか音を出すだけで、何もいってくれないよね。最初はつまんないな、と思ったんだ。だけど、ぼくの気もちが伝わっているんじゃないか、と思うこともあるんだ。言葉をかわさなくても、伝わることってあるんだなって……」

陽太はそういいながら、ナオにも自分の思いが伝わってるんじゃないかな、という気がした。

弁当を食べ終えて、古墳《こふん》の下の平地でブルと遊んだ。陽太が自分の手ぶくろを空に向かって投げると、フレンチブルが走ってとりにいく。

「持ってこい」

声をかけると、ブルは手ぶくろをくわえて、飛ぶようにもどってきた。三角の耳がゆれるようすが、ああ楽しい、といっているように見えた。

陽太は手ぶくろを受けとると、もっと遠くに投げた。ナオが手ぶくろを追いかけるように走りだした。フレンチブルも走った。ふたりは競争するみたいに手ぶくろに向かったが、先に拾いあげたのはナオだった。ブルはくやしがり、手ぶくろをとろうとして、うしろ足で何度もはねあがった。

「陽太、いくぞ」

ナオが陽太に向かって投げると、ブルが追いかけてきた。陽太は先にとれそうだったけど、わざとフレンチブルに拾わせてやった。

「返せ！」

陽太の声を聞くと、ブルは手ぶくろを持って逃《に》げだした。陽太はナオといっしょに追いかけた。フレンチブルドッグは古墳《こふん》に駆《か》けあがり、てっぺんまでたどりつくと、手ぶくろをくわえたまま、ふたりを見おろした。

「持ってこい」

陽太がいうと、ブルはころがるように下りてきて、陽太のまえに手ぶくろを落とした。陽太は拾い、また走りだした。ブルが追いかけてくる。陽太はブルに手ぶくろを見せたあと、空に投げあげた。手ぶくろが空に舞《ま》いあがるのを、陽太たちはいっしょに見あげた。

どれくらい遊んでいただろうか。さっきはつかれた顔をしていたナオが、別人のように生き生きとしている。陽太は、このところナオと遊んでなかったな、と思い出した。

「陽太、まだまだ遊んでいたいけど、そろそろいかないと」

ナオが額《ひたい》に汗《あせ》を浮《う》かべ、息を切らしながらいった。

「ぼくもいくよ。飼い主捜《さが》しをしないとね」

「ありがとな」ナオはフレンチブルドッグの頭をなで、耳にふれ、ぬれた鼻をやさしくつまんだ。

陽太たちは古墳を出て、ブルをはさんで並《なら》んで歩いていった。犬は歩きながら、ナオの顔を何度も見あげた。楽しかったね、といってるようだった。

ホームレスのおじさんが、犬はむれの動物だ、といっていたっけ。このままずっと、三人でいっしょに歩いていたい、と陽太は思った。

でも、ナオには仕事がある。ナオは陽太の父さんだから、大人としてのつとめも果たさなくてはならない。

工事現場に向かうナオと別れ、さっきとはちがう元気なうしろ姿《すがた》を見ていると、陽太は自分も体が軽くなったような気がした。

集落を歩いていくと、庭に木のたらいをおいて、大根を洗《あら》っているおばあさんがいた。フレンチブルドッグが興味を示すと、おばあさんは、大根が好きか、といって笑った。

「大根は好きかどうかわからないけど、よかったら、水をもらえませんか?」

思い切ってたのんだら、おばあさんはこころよく、ホースから水を出してくれた。

「散歩か？　畑の肥《こえ》だめに気をつけや」

「コエダメ?」

そこへ中年のおばさんが、カラコロと木のサンダルを鳴らして出てきた。

「おばあちゃん、いまの子は、肥《こえ》だめなんていうても知らんよ。あのな、畑の肥料に使うのに、人間の糞尿《ふんにょう》をためた井戸《いど》みたいなもんがあったんや」

「ウチの息子も犬の散歩してて、落ちたからな」とおばあさんが笑った。

おばさんがいった。「昔はこのへんに肥だめがたくさんあったんやけど、トイレが水洗《すいせん》になってしもたから、もうほとんどないねんよ」

「はまったら、名前を変えんといかんのやで。犬も人間も」と、おばあさん。

「落ちたら、そりゃあくさくてなあ。でも、それもこれも、昔の話やわ」

「はい、気をつけます。お水、ありがとうございました」

陽太はうれしい気分でいった。

おばあさんは、自分の畑でとれた大根もくれた。白くて太く、土の匂《にお》いがした。スーパーで買う大根と同じものとは思えない。ふろふきにしようか、それともぶり大根にしようか。陽太はブルにも匂いをかがせてやった。大根を家においてから、また出かけよう。

陽太は家に向かって歩きだした。

途中《とちゅう》、川島さんのマンションのある通りを、ブルといっしょに初めて歩いた。これまでなかなか勇気が出なかったけど、今日こそシニヨンをわたそう……。

マンションは地域《ちいき》いちばんの値段《ねだん》と豪華《ごうか》さで評判で、壁《かべ》はレンガ、敷地《しきち》のなかには、人工の池と木立もあった。設計したのは、川島さんのお父さんだ。

マンションに近づくと、ブルはよく手入れされた植えこみの匂いを、しつこくかぎ始めた。

学校の図書室で、川島さんがひとりで何か読んでいるのを見たことがあった。なんの本だろうと、そっとうしろを通ってみると、学校で毎年作っている、生徒たちの優秀《ゆうしゅう》な作文を集めた文集の古い号だった。そういえば、川島さんは文集の編集委員だった。

鼻をすする音がした。ほかの編集委員の子がきて、「そんなに泣ける本?」と聞いた。

川島さんの答えを聞いたとき、陽太はどん、と胸《むね》を押された気がするほど、びっくりした。川島さんが読んでいたのは、陽太の母さんが書いた『リップのすず』だったのだ。

それを書いた、「もとみやきょうこ」っていうのは……と、のどもとまで声が出そうになったけど、何もいえなかった。

川島さんは犬が好きなのかもしれない。もっと早く家にくればよかった。

フレンチブルドッグがしつこく植えこみの匂いをかいでいると、マンションの管理人がせかせかと出てきていった。

「おいおい、ここでおしっこをさせんようにね。うんこはもっとダメだよ。ふくろに入れて持って帰るといっても、ダメだからね」

陽太は頭を下げて、リードを引っぱった。

と、管理人がフレンチブルドッグを見ていった。「あれっ、似《に》ているな」

フレンチブルドッグは耳をぺたんとたおした。

えっ、このマンションに飼い主がいるってこと？

管理人は玄関《げんかん》のほうを見て、だれかにあいさつをした。「おはようございます。お嬢《じょう》さん、この犬、なんていうんでしたっけ？」

玄関に立っていたのは、白いボアのついたピンクのコートを着た川島さんだった。ひと目見ただけで、顔色がよくないのがわかった。卒業式にこなかったのは、調子が悪いせいだったのだろうか。

川島さんが口を開《ひら》いた。「ブルドッグ。フレンチブルドッグよ」

「同じのが、三階の岡田《おかだ》さんのところにいますよね？」管理人がにこやかにいった。

「あれはパグ。同じように鼻がペチャンコだけど、ちがう種類」

「そうでしたか、いや、そっくりだと思って。なかなかあいきょうがありますね」

「いってきます」

川島さんはこれ以上は話したくないみたいに、急ぎ足でマンションから出ていった。

陽太には目もくれようとしなかったのは、犬といっしょにいるから透明《とうめい》人間になってしまったのか、それとも、知り合いに気がつかないくらいぐあいがよくないのか、どっちなんだろう。

フレンチブルドッグは耳をたおして、川島さんのあとを追いかけ始めた。陽太はどうしようかと迷いながら、引きずられるままにあとについていった。

川島さんのうしろ姿《すがた》は、背《せ》すじがのびてきれいだった。きっとバレエをやっているからだ。

川島さんの右の靴《くつ》のひもがほどけているのが見えた。ひもを自分でふんで、ころんでしまうかもしれない。思い切って声をかけたけど、川島さんはふり返らなかった。声が小さかったのか、それとも無視《むし》されたのか。

前方からスケートボードに乗った中学生らしい男子がやってきて、川島さんとすれちがった。中学生はすばやくジャンプして向きを変えると、川島さんのところにもどって話しかけた。

川島さんは立ち止まらず、無視している。

「なんや、エラソーに」中学生は大きな声でいったあと、フレンチブルドッグに気がつき、陽太たちのところにやってきた。

「よしよし。ぶさいくやけど、おまえはほんま、かわいいなあ」

フレンチブルドッグは中学生にじゃれついた。ぶさいくはよけいだ、と思いながらも、陽太は中学生に親しみを感じた。

そのあいだに、川島さんの姿《すがた》は見えなくなってしまった。

あきらめて、フレンチブルに引っぱられるまま歩いていくと、白いヘッドフォンをつけた川島さんのうしろ姿がまた見えてきた。

左手にあるコンビニに入ろうとしたとき、ようやく靴《くつ》ひもに気がついたらしく、しゃがんでひもを結ぼうとして、うしろで立ち止まった陽太に顔を向けた。ブルはガシガシとアスファルトをかきむしるようにして、川島さんに近づいていった。

川島さんは靴ひもをそのままにして立ちあがると、ヘッドフォンをはずした。喜んでいるようにも、いやがっているようにも見えない、どうとったらいいのかわからない顔だ。

陽太は胸《むね》のどきどきを感じながら、また会ったね、というように笑ったが、川島さんの顔は変わらない。

陽太のリュックからつきでている大根に気づくと、バカにするような冷《さ》めた目をした。陽太ははずかしくなった。

川島さんは、大根からフレンチブルドッグに視線《しせん》を移した。

「このコ、佐久良《さくら》くんの？」

そうだよ、犬、好き？　と聞こうとしたとき、川島さんの口から出た言葉に、陽太は耳をうたがった。

「わたし、好きやない」

えっ……。

川島さんはさらに続けた。「こういうタイプの顔の犬はきらいや。ヘンな顔」

川島さんはコンビニに入るのをやめ、自分のマンションのほうに逃《に》げるように走っていった。

「きらい」という言葉が胸《むね》につきささったようで、陽太は動けなくなった。犬だけじゃなく、自分のこともきらいといわれたような気がした。

ブルはコンビニに入ろうとして、リードを引っぱっている。もう少しでリードが手からはなれてしまいそうだった。陽太はわれに返り、リードをぎゅっとつかんだ。

くやしさと、なさけなさと、はずかしさが入りまじる、よくわからない思いが押しよせてきて、胸がつぶれそうだった。

「……好きじゃないんだってさ、おまえのこと」

かわいいといってくれると期待していた。それがきっかけで仲よくなれたらと思っていた。

ブルは陽太の顔を見あげた。不安げな目をしている。

「いこう」

陽太がそっというと、ブルはおとなしくコンビニからはなれた。

わたそうと思っていたシニヨンも、また捨《す》ててしまおうと思った。

フレンチブルドッグは何ごともなかったように、あたりの匂《にお》いをかいだり、いつものように物音や通りすぎる人に興味を示したりしながら歩いている。

こういうタイプの顔の犬はきらい、といった川島さんの言葉が、頭によみがえった。

今度はカーッと怒《いか》りがあふれだした。

好《す》ききらいはあってもいいけど、面《めん》と向かっていうなんて、どういうことだよ。

このままでは許せない気がした。

もう一度川島さんのマンションに引き返す。

玄関《げんかん》ドアをぬけると、ソファーがあり、吹《ふ》きぬけの天井《てんじょう》からはやわらかな光がふりそそいでいた。陽太が東京で暮《く》らしていたマンションはもう少し古かったけど、光の感じになつかしさをおぼえた。そうしたら、さらにはらが立ってきた。

セキュリティドアの横にあるインターフォンで、川島さんちの番号を押した。川島さんが不機《ふき》嫌《げん》そうな声で出た。

「何？」

陽太は気おくれしそうになったが、リードをぎゅっとにぎり直していった。

「話があるんだ」

「そっ」

投げるようにいったあと、沈黙《ちんもく》。

「……で、出てきてくれよ。それとも、ぼくらを入れてくれる?」

「ぼくら? ああ、あのヘンな犬のこと」

川島さんは、ガシャリとインターフォンを切った。

あのヘンな犬のこと、だって! ますますカチンときた。

川島さんはなかなかあらわれなかった。もう一度鳴らそうとしたとき、コートを着た川島さんがエレベーターから下りてきた。陽太には目もくれないで、セキュリティドアから、外へ出ようとする。

「おい」

陽太は心臓《しんぞう》をどきどきさせながら、追いかけて、まえに立ちふさがった。

「ぼくが見えないのか?」

川島さんは陽太をにらむような目で見た。「どいてくれない?」

「どいてくれない、じゃないよ。おまえ、さっきいったことおぼえてるか?」

「ほっといて。あんた、いちいちうるさいねん」

「この犬に謝《あやま》れ」

フレンチブルドッグのほうを見ると、うれしそうに耳をたおして、うしろ足で立っている。どう見ても怒《おこ》ってはいない。陽太はふりあげたこぶしを、どうしたらいいのかわからなくなった。

「おまえ、こいつにきらいだといっただろ！　そんないい方、していいのか！　好きでこの顔に生まれてきたわけじゃないんだ。自分がちょっときれいだからって、うぬぼれるな！」

川島さんはだまって、うつむいた。

陽太は沈黙《ちんもく》にたえられなくなり、また何かいおうとした。そのとき、川島さんが肩《かた》をふるわせているのに気がついた。目から涙《なみだ》がぽたぽたと落ちて、よくみがかれた大理石をぬらしている。

陽太はうろたえた。「ごめん。べつに、そんなつもりでいったわけじゃ……。あのね、ぼくがいいたかったのは……」

セキュリティドアをぬけて、だれかが出てきた。川島さんは入れかわりに、なかへ飛びこんだ。ドアは陽太の目のまえで閉《し》まってしまった。

そんなひどいことといったっけ。泣くほどのことをいったとは思えない。

図書館で見たときの涙とちがうことはたしかだ。クラスには男子と口げんかして泣く女の子もいたけど、川島さんは泣く子をなぐさめるがわだったと思う。かんたんに泣くような子じゃなかったはずだ。それとも、やっぱり泣き虫なのか。女ってよくわからない。

でも、ぼくは悪くない、川島さんが悪いんだ。

マンションを出ようとしたが、フレンチブルドッグは動かなかった。

無理やりリードを引っぱり、外へ出た。いやがっていたブルも、外に出ると、何もなかったように歩きだした。

フレンチブルドッグは顔を上げてふり返り、ハアハアと舌を出しながら、大きな目で陽太を見た。

「なんだ？」

ブルはまたまえを向いた。

「なんでふりむいた？」

今度はふりむかない。

「おい、どうしたらいいと思う？」

文句をいってくれなんて、たのんでないわよ。おしりをふって歩くうしろ姿《すがた》が、そういってるように見えた。

そう、ぼくが勝手にやったんだよ。でも……。

「おまえは犬だもんな、べつにはらは立たないよな」

そういったあと、陽太はひどく悲しい気もちになった。

ほんとうは、犬だからはらは立たないだろう、とは思っていない。だから、あんなに怒ったのだ。

もし自分が「きらい」といわれたのだったら、あんなふうに文句をいっただろうか。ただ何もいえず、落ちこんだだけだろう。だれかにかわりに文句をいってもらいたいだろうか。いや、ちがう。

結局自分のやったことは、だいじなフレンチブルドッグも傷《きず》つけてしまうことだったのかもしれなかった。

肥《こえ》だめに落ちるよりもショックだった。

どうしたらいいのかわからない。

でもブルのことを思うと、リーダーならリーダーにふさわしいことをしなければ、という気がした。そこで、思い切って手紙を書くことにした。

川島久留實《かわしまくるみ》さま

さっきはすみませんでした。

犬がかわいそうで、ついカッとなっていい返してしまいました。

でもほんとうは、犬のためではなく、ぼく自身のためだったのかもしれません。

ぼくは自分がはらを立てたくせに、犬のせいにした、ひきょうなやつでした。そう思うと、はずかしくてなさけないです。

川島さんは、ぼくのつれている犬のことをきらいかもしれないけど、ぼくはとても好きなのです。

でも、もっと落ちついて考えるべきでした。

ごめんなさい。

ほんとうは会って謝《あやま》りたいけど、うまくいえないんじゃないかと心配で、手紙を書きました。

もしよかったら、返事をください。

佐久良陽太《さくらようた》

次の日、フレンチブルドッグといっしょに、またマンションに向かった。好きな女の子に手紙を出したことなんて、いままでに一度もない。

胸《むね》がどきどきして、マンションのポストになかなか入れられない。

ようやく勇気を出して入れようとしたとき、ぐうぜん川島さんのお父さんが出てきて、陽太に気がついた。今日は蝶《ちょう》ネクタイはしていないけど、おしゃれなシャツとジャケットを着ている。

着たきりスズメの陽太の父とは大ちがいだ。

「もしかして、その手紙はうちに？」

「あ、はい。同じクラスだった……佐久良《さくら》です」

「だったら、あずかろう。それとも、久留實《くるみ》を呼《よ》ぼうか？」

陽太はすぐには返事ができなかった。ラブレターだと思われているんじゃないかな？　でも、泣かせたおわびです、ともいえないし……。

犬は耳をたおして、川島さんのお父さんに近づいていった。

「フレンチブルドッグだね。久留實はこういう鼻の低い、短頭種《たんとうしゅ》の犬が大好きなんだ。おじいちゃんの家にいたんでね。もうおじいちゃんも犬も、死んじゃったんだが。シーズーっていう犬種だった」

陽太はおどろいた。じゃ、きのうのあの態度はなんだったんだ？

お父さんが笑いだした。「もしかして久留實のやつ、この犬をきらいだといった？　かくさなくていいよ」

「は、はい……」

「ほんとは好きなのにな。久留實は、そうだな、猫《ねこ》みたいな性格というのかな。こっちが近づくとはなれるし、はなれたら近づいてくる。猫ってそうだろ？　だから逆に、いつも正直な犬が好きなのかもしれないけど」

たしかに犬は正直だと思う。でも、川島さんは犬じゃなくて猫だ、といわれても、ぴんとこなかった。ますます女の子はよくわからない……。

川島さんのお父さんはフレンチブルドッグのおしりとうしろ足にふれて、いった。「すごい筋《きん》肉《にく》だな。脂肪《しぼう》ゼロ。アスリート体型だね」

川島さんのお父さんも、いつのまにか陽太ではなく、フレンチブルと話していた。

「はい、太ってるわけじゃないんです」陽太はブルのかわりに答えた。

「家はどこ？」

迷い犬だから、こいつの家はどこかわからないんです、と答えようとした。でも川島さんのお父さんは、いまはまた陽太に話しかけているようだった。陽太は家のある場所を説明した。

川島さんのお父さんは立ちあがり、陽太の顔をまじまじと見たあと、何度かうなずき、ほほえんだ。口ひげのある口から、陽太の母の旧姓《きゅうせい》が出てきた。

「元宮今日子《もとみやきょうこ》ちゃんの息子さんなのか。わたしは小学校のとき、今日子ちゃんと同じクラスだったんだよ」

「ええっ、ぼくのお母さんと同級生？」

「そうか。お母さんは亡くなったそうだね……。でも、きみの目は、今日子ちゃんに似《に》ているね。

それに、今日子ちゃんも犬が好きだったからなあ。えっと、なんという名前だっけ、あの犬……」

「……リップです」

「そうそう、リップだ。平城宮跡《へいじょうきゅうあと》にリップをつれて、いっしょに遊びにいったことがあったんだ。リップをつないでおいて、ふたりでバドミントンをしているあいだに、いなくなっちゃってね。捜《さが》しまわっても見つからなかった。そのうちだんだん暗くなってきて、わたしは泣きだしてしまった。

ずっとこらえていた今日子ちゃんも、わたしが泣いたもんだから、こらえ切れなくなった。いっしょにわんわん泣いてね。すると、どこからかリップがあらわれて、こっちに向かって走ってきたんだ。うれしかったよ、あのときは。でも、涙《なみだ》はすぐには止まらなかった。いまでも平城宮跡にいくと、あのときのことを思い出したりするよ」

平城宮跡は奈良《なら》に都《みやこ》があったとき、中心だった場所だ。当時の宮殿《きゅうでん》がいくつか再現されてはいるけど、ほとんどがだだっ広《びろ》いだけの、何もない芝地《しばち》だ。草がうっそうとしげっているところもあるから、犬の姿《すがた》が見えなくなったのだろう。

「このマンションは、もし現代に平城宮が残っていたらどんなふうか、というのをひとつのコンセプトにしてつくったんだよ。そうそう、きみのお母さんが書いた作文のことは知ってる？」

「はい」

「あのなかで鈴《すず》を鳴らしてしまったのはね、わたしだったんだ」

陽太は思わず川島さんのお父さんを見つめた。お父さんはそっと目でうなずいた。鈴を鳴らしたせいで泣かせてしまってごめんね、とお母さんに謝《あやま》っているように見えた。

「リップが鈴をつけるようになったのは、平城宮跡《へいじょうきゅうあと》でいなくなってからなんだ。今日子ちゃんは、わたしがランドセルにつけていた鈴のことを思い出して、つけたんじゃないかな」

いままであまり好きではなかった川島さんのお父さんに、陽太は初めて親しみのようなものを感じた。

「あの、ひとつ聞いてもいいですか？　川島さんが卒業式を休んだのは、どうしてですか？　風邪《かぜ》だったんですか？」

川島さんのお父さんは、フレンチブルドッグの顔をじっと見つめた。

「じつは久留實《くるみ》は、かたほうの耳が聞こえなくなっていてね。たぶんバレエの発表会や受験で、緊張《きんちょう》したからじゃないかと思うんだが。もう半年くらいになるかな。あの日は大学病院の予約があったんだよ」

お父さんはフレンチブルの頭をなでたあと、立ちあがって陽太の顔を見た。

「佐久良《さくら》くん、久留實に会って直接その手紙をわたす？」

会いたかった。でも、なんと答えたらいいかわからなかった。考えているうちに、川島さんのお父さんは携帯《けいたい》電話をとりだしていた。

「もしもし、ミルク？　……あれっ、つながらない。留守番《るすばん》電話になってる。どうしようかな？」

「あ、今日はこれで。またきます」

「じゃ、あずかろう。確実にミルクにわたしておくよ。勝手に読んだりはしないから」

陽太はうなずきながら、川島さんのお父さんが「ミルク」と呼《よ》んだことに気をとられていた。自分だけの秘密《ひみつ》の名前だと思っていたのに、お父さんもそう呼んでいたのか。うれしいような、残念なような、複雑な気もちになった。

マンションを出たあと、川島さんの耳のことを考えた。

クラスで川島さんの話題やうわさが出ると、陽太はいつも耳をそばだてていた。だからたぶん、クラスのだれも、耳のことは知らないのだろう。

あの雨の日のことを思い返すと……。

だれもいないと思った教室に川島さんがひとりでいるのを見つけたとき、傘《かさ》がないのかと思って、勇気を出していった。

「二本あるから、ぼくの傘を使ってよ」

ほんとうは、陽太が使おうととりにもどった一本きりしかなかった。教室を出て、そのまま家にぬれて走って帰った。

だけど次の日、傘は使われないまま教室にあり、川島さんは何もいわなかった。無視《むし》されたと思っていた。

でもほんとうは、聞こえなかったのかもしれない。

道で声をかけたとき、ふり返ってくれなかったのも、陽太の声が小さいわけでも、気に入らなかったわけでもなかったのかもしれない。

ぜんぜん知らなかった。そんなたいへんなことが川島さんに起きていたなんて。

5

「今日は手紙をありがとう。こっちこそ、あんなことといって、悪かったです。……また電話します」

手紙にそえた陽太《ようた》の携帯《けいたい》電話の番号に、留守電《るすでん》メッセージが入っていた。フレンチブルドッグとさらにあちこち歩いているあいだに、電話はあったようだった。

陽太はかけ直そうかと思ったが、またかかってくるのを待つことにした。落ちつかなくて、うろうろしては、何度もメッセージを聞いた。声が緊張《きんちょう》しているのがわかる。

ブルはソファーの上で、前足にあごをのせるようにしてじっとうずくまり、陽太を見ていた。

「ねえ、いつかかってくると思う？　ずっと待ってるのに、かかってこないんだ」

ブルは上半身を起こし、しわ深い顔のまんなかにある大きな目で陽太をじっと見つめると、前足をまっすぐそろえてのばした。頭を低くし、背《せ》すじをのばしておしりを高く上げる。そのあと、うしろ足をのばして頭を上げ、また背中《せなか》をのばした。散歩に出るまえは、いつもこれをやっている。犬のストレッチみたいだ。さあ、いくわよ、といっているように見えた。

陽太が話しかけたのを、出かける合図とかんちがいしたのだろう。

「ちがうよ。今日はもう終わり。また明日な」

でもフレンチブルは首を上向《うわむ》きにそらして、さらにのびをしている。

このストレッチがすむと、陽太はいつも散歩につれていってやっていた。すっかりその気になっているから、このままほうっておくことはできない。でも、外はすっかり暗くなっている。しかたなく外に出て、近くの空き地でおしっこをさせた。そのあいだも、電話が鳴るんじゃないかと、気が気ではなかった。

さあもどろう、とリードを引いたが、フレンチブルドッグは道路の向こうを見つめたまま動かない。このまま川島さんの家までいってみようか？　ブルは相変わらず道路の向こうを見つめている。その目が、さびしそうに光っているように見えた。

飼い主がむかえにきてくれるのを待ってるんだろうか……？

フレンチブルドッグの横にしゃがんで、同じ目線になってみた。低い位置から見ると、同じ景色が、いつもより広く見えた。どこからかあまずっぱい匂《にお》いがするのもわかった。花や草の香《かお》りだろうか。

「ふーん、おまえのいる場所からは、こんなふうに見えてるのか」

ブルは自分の顔の横につきだされた陽太のほほを、ぺろっとなめた。

「だいじょうぶだよ、ちゃんと見つけてやるからな。また明日、いっしょに歩こう」

ブルは返事をするかわりに、陽太の家のほうに歩きだした。

何を待っていたんだろう。陽太はうしろをふりむいてみた。でも、ブルはもうふり返ろうとはしなかった。

人の興奮《こうふん》が犬に移る、というのが正しいとしたら、不安な気もちも同じように移るのかもしれない。フレンチブルドッグは、陽太の不安な気もちをいっしょに感じてくれたのだろう。でも陽太がブルによりそい、同じ高さで景色を見たから、安心したのかもしれない。陽太と自分は、友だちだと……。


母さんのいた部屋には、本がたくさんあった。母さんは、小学生のときいつも作文をほめられていたせいもあって、小説を書きたいという夢を持つようになり、子育てが一段落《いちだんらく》したらとりかかるつもりでいたらしい。

陽太も本が好きだ。

母さんの読んだ本には、ときどきメモがはさまっていた。気に入った文章を書きうつしたメモだ。けっしてうまい字ではないけど、やさしい字だ。

『沈黙《ちんもく》』という遠藤周作《えんどうしゅうさく》の小説にはさまれていたメモには、こんな文章が書きうつされていた。

『罪は、普通考えられるように、盗んだり、嘘言《うそ》をついたりすることではなかった。罪とは人がもう一人の人間の人生の上を通過しながら、自分がそこに残した痕跡《こんせき》を忘れることだった。』

本の内容はかんたんではなかったし、母さんが写した文もやはりむずかしかったけど、この文を読むとなぜか、気もちがらくになるような気がした。言葉にならない軽い痛《いた》みのようなものも感じた。ふたつは正反対の気もちだったが、どちらも心に残った。陽太はこの文が好きだった。

本を開くと、母さんと自分がつながっているという気もちになり、ふたりのあいだにある時間を超《こ》えられるような感じがした。

母さんがこの本を読んでいたのは、いくつのときだったのだろうか。

そういえば、フレンチブルドッグに話しかけてくる人たちは、犬の名前のほかに、年齢《ねんれい》もよく聞いてきた。

「迷《まよ》い犬なら、年はわからないわね。うちのコはもうおじいちゃんなの。十三歳《さい》のおじいちゃんよ」

そのおばさんがつれていたプードルは、かわいい顔をした身の軽そうな犬で、年よりには見えなかった。

陽太は思わずいった。「ぼくとひとつしかちがわないのに、おじいちゃんなんですか？」

「八歳《さい》をすぎたらシニアよ。いろんな数え方があるみたいだけど、犬は最初の一年半で人間の二十歳《はたち》になって、三年で二十八歳。それからは一年に四歳ずつ年をとる、というふうにもいわれているの。だからうちのコは六十八歳。わたしとだいたい同じや」

犬や猫《ねこ》の寿命《じゅみょう》が人間より短いのは知っていたけど、具体的にはどれくらいなのか、陽太はそれまで知らなかった。

「二十年生きる犬なんて、めったにいないの。長くて十五年くらいね。おどろいた？」

「ええ。十年とか二十年とかいうと、いまのぼくは長いと思うけど、自分の命がそれだけで終わると思ったら、とっても短いなって……」

人間なら、大人になるまえに死んでしまうようなものだ。自分の心のなかにとどめておこうと思ったのに、陽太はついプードルを同情の目で見て、いってしまった。

「犬って、かわいそうですね」

おばさんは目を細めて、おじいちゃんのプードルを見た。「かわいそう？　ちがうよ。毎日一生懸命《けんめい》よ。わたしみたいに死ぬまでにあれをしよう、死んだあとにたくわえを残しておこう、とか思ってへんし、死ぬのがこわいとも思ってない。すぎたことをくよくよしたりもしない。犬はいつだって、いまを生きている。いつだっていまだけを、力のかぎり生きてるのよ。見ならわんとあかんと、いつも思う」

フレンチブルドッグは毛づやや表情、そして元気さから見て、まだ若《わか》いだろう、とおばさんはいってくれた。

母さんの飼っていた犬が死んだときと、同じくらいの年なのかもしれない。

陽太の母さんは三十二歳で亡《な》くなった。親戚《しんせき》の人たちは、早すぎたね、若かったのに、と集まるたびにいっていた。陽太のクラスには、母親のいない生徒はほかにもいた。でも、病死でひとり親になった生徒は陽太だけだ。

母さんは冬の寒い日に、ガンで亡くなったという。病室の窓《まど》から外を見て春を待ち、桜が咲《さ》く日を楽しみにしていた、と聞かされた。

陽太はガンがにくかった。その言葉を口にしたくもなかった。母さんの読んだ本にその言葉が出てきたときには、母さんはこいつのせいで命をなくすことを知らないで読んでいたのかと思うと、ガンという字を切りとりたくなった。

母さんの命が短かった、と親戚の人がいうのはしかたない。でも、同情をかくしたような目で同じことをいう人はきらいだった。

短いことのどこが悪いのか。そりゃ、生きていてほしかった。なんでそんなに早く、といつも思った。でも短い命でも、母さんの人生はいいものだったと思いたかった。

犬の寿命《じゅみょう》や、犬はいつもいまだけを懸命《けんめい》に生きている、という話をおばさんから聞いたあと、陽太は母さんの人生の短さを初めてすなおに受け止められるような気がした。長さじゃない。一生懸命生きたかどうかが大切なのだ。

犬の名前は知っていても、飼い主であるあのおばさんの名前は知らない。どこに住んでいるかも知らない。でも、あのおばさんのひとことは、大切なことを考えるきっかけをくれた。

そういえば、犬も歩けば棒《ぼう》にあたる、ということわざがあった。何かをすれば、思わぬ災害にあうこともあれば、幸福にあうこともある、という意味だ。

ぼくも迷い犬と歩いたら、たくさんの人やできごとにあった。町角《まちかど》で、犬がいなければぜったいに話さなかったような人たちと出会って、話をした。いままでにないような経験ばかりだ。

子どもだったころの母さんは、犬といっしょに歩いて、どんなことを感じ、何を知ったのだろうか。

小さな今日子《きょうこ》ちゃんに会うことができるなら、聞いてみたかった。

夕はんのあとナオが、フレンチブルドッグといっしょに散歩にいかないか、と陽太をさそった。

ナオがそんなことをいうのは初めてだ。陽太はうれしかったけど、ちょっと緊張《きんちょう》した。ナオが何か特別なことをいおうとしているのが、わかったからだ。

奈良《なら》への引越《ひっこ》しをつげられたのも、日曜の夜に外でごはんを食べたあとだった。仕事のことだろうか。それとも、川島さんを泣かせたことがばれたのだろうか。

「そんなに道路の匂《にお》いをかいで、いい匂いがするのか」「おまえはかわいいおしりをしてるなあ」「車には気をつけろよ。あぶないぞ」

ナオはずっとフレンチブルドッグに話しかけている。

陽太はブルのかわりに、「いい匂いがするんだよ」「おしりばっかり見ないでよ、はずかしいよ」「いつもちゃんと信号を守ってるよ」と返事をした。

もし、まだ言葉が話せないいくらい小さな弟か妹がいて、三人でいっしょに歩いたら、こんなふうに話をするのだろうか。

近所を二十分ほど歩いたあと、バス停を通りすぎて、家のある通りの角までもどってきた。そのまま家に帰るんだろうと思ったのに、ナオはバス通りを進み、次のバス停まで歩いていった。

バス停に着くと、ナオはそこから、歩いてきた道をふり返ってしばらく見ていた。陽太にはあまりなじみのない道だ。このバス停で降《お》りたことも、乗ったこともなかった。

「このバス停から家のほうを見るのは、二十年ぶりくらいだよ」とナオはいった。

「母さんと出会ったのが大学生のときだった、という話は、いつかしただろ。そのころ、ささいなことでケンカをしたことがあったんだ。謝《あやま》ろうと思って、春休みに東京から初めて、ここ、奈《な》良《ら》にきた。そのときバス停をまちがえてね。ひとつ乗りこして、ここで降《お》りてしまったんだ」

ナオは道路の反対がわにあるたばこ屋の看板《かんばん》を指さした。店はとっくの昔に閉店《へいてん》していて、古い看板だけが残っていた。

「あそこに公衆《こうしゅう》電話があってね。どきどきしながら、電話をしたんだ。奈良にくるなんてひとこともいわずにきたから、会ってくれないかも、と心配だった。でも母さんは喜んでくれて、ここまでむかえにきてくれたんだ」

ナオは目を細めて道路を見た。

「あの日、ぼくが勇気を出してここに立たなかったら、今日という日はなかったかもしれないな。でもね、母さんが亡《な》くなったあとは、ここに立つことも、いま通った道を歩くことも、なんだかこわくてできなかったんだ。いろいろと思い出してしまってね」

陽太は自分がまだ生まれるまえの時代の、若者《わかもの》だったナオと母さんの姿《すがた》を、道路の上に思い浮《う》かべてみた。ナオと母さんがふたりでここを歩いたとき、母さんは陽太と同じように、「ナオ」と呼《よ》んでいたのだろうか。

「……あとからわかったことなんだけどね、母さんもじつは、この道にこだわりのようなものを持っていたんだ。ときどき通ることはあっても、なるべくさけていたらしい。

母さんの飼っていた犬が、駐車場《ちゅうしゃじょう》でひかれたことは知っているだろ？　その駐車場が、この道の途中《とちゅう》にあったんだ。いまは家が立っているけど」

「母さんも思い出しちゃうから、歩けなかったの？」

陽太はフレンチブルドッグの背中《せなか》を見ながらいった。

「あのね、ぼくも似《に》たようなことがあるよ。受験に落ちた中学のまえを通りたくなくてさ。くやしくて、思い出したくなかったんだ。でも、こいつがそっちのほうに歩いていったから、イヤだなと思いながら、うしろをついていった。校門のまえを通るときは緊張《きんちょう》したけど、通りすぎたら、思っていたよりもなんともなかった」

陽太の先輩《せんぱい》になったかもしれなかった女子中学生が、フレンチブルにほほえみかけながら通りすぎた。あの人と同じ学校に行けていたらな、とも思ったけど、もうあのときのくやしかった自分はいなかった。

ナオはいった。

「ひとりだったら、ここを歩けなかっただろうな。家を出たときは、ここにくるつもりじゃなかったんだ。ちょっと風に吹《ふ》かれてみたかっただけだった。でも歩いているうちに、なんとなくふと、歩ける気がしたんだ。これでべつの思い出にぬりかえられたよ。母さんもあのとき、ここでぼくと会ったことで、この場所に新しい思い出を作った。ぼくらも今日、新しい思い出のタネをこの道に植えたんだな」

「ねえ、母さんはナオのことをなんて呼《よ》んでたの？」

「ナオ、だよ。でも、なんで？」

「やっぱり」

「やっぱりって？」

「まえもいったけど、中学生になったら、父さんって呼ぼうと思ってた。でもちょっと無理しているというか、なれない感じがして、いいにくかった。だけどいま、そう呼ぶのが自然だって、初めて思った。なんか、ちょっとうまくいえないけど、とにかく、ぼくはナオを父さんって呼びたくなった。……父さん」

陽太は父さんを見あげた。

父さんは陽太の肩《かた》をとんとたたき、目をしばたたかせてうなずいた。

何かいうのかなと思ったけど、父さんは何もいわなかった。

フレンチブルドッグが、陽太と父さんの顔を交互《こうご》に見ていた。

「いくか」陽太はブルに声をかけた。

フレンチブルドッグはうなずくようにまえを見ると、歩きだした。おしりをふって歩く姿《すがた》は楽しそうだ。道路は明かりが少なくて、車が通ったあとは暗くなる。でも、こわくはなかった。陽太は胸《むね》をはり、リードを持って歩いた。父さんがとなりを歩いている。
ぼくらはひとつのむれだ。陽太は力強くそう思った。

6

次の日、陽太《ようた》はブルをつれて、川島《かわしま》さんのマンションに向かった。

インターフォンに出たのは、お母さんだった。

「久留實《くるみ》は小学校に忘《わす》れものをしたとかいって、ひとりで出かけたのよ」

陽太はフレンチブルドッグと町を歩くのはあとまわしにして、小学校に向かった。

春休みに入っているため、生徒の姿《すがた》はない。

石づくりの門をぬけようとしたとき、靴《くつ》ひもがほどけていることに気がついた。しゃがもうとしたら、リードが手からはなれた。と、フレンチブルドッグが突然《とつぜん》、校内に向かって走りだした。

陽太はあわてて追いかけたが、ほどけたひもをふんで、ころびそうになった。

「待て！　待ってくれよ！」

校庭のまんなかにトラ猫《ねこ》がいる。ブルが走りだしたのは、きっとそのせいだ。猫は犬に気がつき、逃《に》げだした。ブルは砂《すな》ぼこりを立てて、追っていく。

陽太は走った。体育の授業でもこれほどがんばって走ったことがないくらいに。

猫はプールの外のへいの上にひらりと飛び乗り、背中《せなか》をまるめて毛をさか立て、歯をむきだして、カーッと犬をおどした。フレンチブルドッグはへいに前足をかけて、ハアハアいいながら猫を見あげている。

そのとき、スピーカーから声がひびきわたった。

「校庭は犬と猫のための運動場じゃないぞ。犬の飼い主は校庭から出なさい」

スピーカーがなくても遠くまで聞こえそうな、迫力《はくりょく》のある声だった。

だれなのか、すぐにわかった。卒業式の日に、陽太がニワトリ小屋の近くの洗面所《せんめんじょ》にいたとき、早く式に出るようにと注意した先生だ。最初に見たときは体育の先生だと思ったから、国語の先生だと知っておどろいたことをおぼえている。

ブルは猫がへいの向こうに消えても、まだへいの上を見ていた。陽太は肩《かた》で息をしながら、うしろから近づいた。ブルがまた走りだしたら、もう追いかけられないくらい息は上がっていた。

リードをつかむと、大きく息をつき、しゃがみこんだ。

「おまえ、ハアハア、校庭だからよかったけど、ハアハア、道路だったら……車にひかれてるぞ、ハアハア」

陽太は息がおさまるのを待ち、校門に向かった。

ごま塩頭のあの先生が、校門のところに立っていた。「うちの生徒だな?」

「はい。でも卒業しました、ついこないだ」

「そうだったな。だが、学校は犬の運動場じゃないぞ。どういうことなんや?」

先生はねんど細工に一本線を引いたような細い目の奥《おく》の瞳《ひとみ》を光らせて、こっちを見た。

「急に猫《ねこ》を追いかけはじめたんで、ついリードをはなしてしまったんです」

「犬は猫を見たら追いかける。狩猟《しゅりょう》本能に火がつくからな。でも、猫だって負けていない。食うか食われるかだ。逃《に》げ足は犬よりずっと早いし、身も軽いから、つかまったりはしない。だが、犬はとにかく夢中で追いかける。リードをしっかり持つのはあたりまえやけど、持っていたって急に引っぱられることもあるから、気をつけや」

フレンチブルドッグは先生のまえから動こうとしない。陽太は早く校庭の外に出ようと、リードを引いた。

「あのな、無理にうしろに引っぱったらあかん。きみもケンカをしたとき、はがいじめにされてうしろに引っぱられたら、はなせ、といって、ますますカッとなるやろ。でも横からぽんとやられたら、えっ、とおどろいて、冷静になるもんや。犬も同じじゃやで」

先生はリードの途中《とちゅう》に手をのばすと、横にくいっと引いた。犬は体勢をくずしたあと、引っぱるのをやめ、われに返ったようにおとなしくなった。

「ほら」

すごい、先生は人間だけじゃなく、犬の先生みたいだ、と陽太は感心した。

ふとふりむくと、玄関《げんかん》に川島さんが立っていた。陽太たちのようすを見ていたようだ。

「先生、その子、これを書いた人の子どもだよ」

川島さんは、持っていたファイルを先生に向けた。

「なんや、元宮《もとみや》さんの子どもやったのか」先生は陽太の母さんの旧姓《きゅうせい》を口にした。

「はい」母さんの作文のことだ。川島さんがファイルに入れて持ってるってこと？　なぜ？

「川島さんは今日、元宮さんが書いた作文のことで学校へきたんや」

「わたし、文集の編集委員やったでしょ。お父さんがどんな作文を書いたのか知りたくて、昔の文集を探《さが》したけど、載《の》ってなかった。そのときぐうぜん、『リップのすず』を見つけて読んだの」

陽太は知ってたよ、といいたくなったけど、我慢《がまん》した。

「佐久良《さくら》くんがわたしのお父さんと会った日、佐久良くんのお母さんが飼っていた犬のことと作文のことを、お父さんが話してくれたの。だから、もう一度読んでみたくなって、コピーさせてもらいにきたの」

「ぼくのところにもあったのに」

「うちのお父さんは昔のものをほとんど捨《す》てちゃってて、何もないから、佐久良《さくら》くんのところもそうかな、と思って……」

「だいじにとってあるよ」

母さんの作文の手書きの原稿《げんこう》は、卒業証書の入っている筒《つつ》のなかに、証書といっしょにまるめて入れてあった。

川島さんはフレンチブルドッグに目をやった。「佐久良くんは、リップがどうして死んだかも知ってるの？」

「うん」心臓《しんぞう》がどきっとした。

「ああ、知ってたんだ……」川島さんは目をふせた。陽太はいった。

「だれがそんなことをしたのかは、わからなかったって。まちがってひいたんじゃなくて、わざわざひいたみたいな感じだったらしい。犬のことをよく思わない人が、カッとなってやったんじゃないかって、父さんはいってた。でも、やっぱりただの事故だったのかもしれない。わからないな……」

手のなかのリードは、汗《あせ》でぐっしょりになっていた。

先生はしゃがんでブルをなでた。犬は耳をたおして、先生の顔をぺろぺろとなめ始めた。

「びしょびしょになるなあ。まったく人なつっこい。自分の犬とかんちがいしてしまいそうや」

先生は楽しそうに笑ってハンカチで顔をふいたあと、陽太のほうを見た。

「先生は、リップが元宮《もとみや》さんのお母さんといっしょに、元宮さんをむかえにきていたときのことをおぼえてるよ。せやから元宮さん、いや、佐久良くんのお母さんの気もちは、作文を読んだとき、とてもよくわかった」

川島さんがいった。「佐久良くんのお母さんは最初、犬が殺されたときのことをそのまま書いて提出したんだって。殺したやつをいつか見つけて復讐《ふくしゅう》してやる、と書いてあったって」

先生が、そんなことは書くな、といってやめさせたのだろうか？

先生がいった。「あのな、佐久良くん、先生は何もゆうてないよ。これはこれでええと思うけど、もう一回考えておいで、とはゆうた。そうしたら、最初はなかった鈴《すず》の音のことが書きくわえられて、殺されたときのことはなくなって、ただ犬が死んだとだけ書かれたものになっていた。先生は、もう一日冷静に考えてみたら、といっただけで、書き直せとはひとこともいわなかったし、そんなプレッシャーはかけなかったと、自信を持っていえるよ」

陽太はうなずいた。

「犬が殺されたことをはずして考えたから、元宮さんの心のなかで鈴の音が鳴ったんやろうと、先生は思った。最初は、自分の飼っていた犬がだれかに殺されたかもしれない、はらが立ってくやしくて悲しい、というような作文だったけど、鈴《すず》の鳴るやさしくてなつかしい音を思い出したら、気もちが変わったんやろうな」

川島さんがいった。「わたしもそう思った。殺された、と書いてあったら、最後に鳴る鈴の音が、わたしにもちがって聞こえたと思う。悲しいとかはらが立つとか、そういう感じに……。でも、活字になっている作文を初めて読んだとき、鈴のところにきたら、いなくなったリップのことを思ってさびしい気はした。でも、リップとすごした楽しかったことも思い出すみたいな、うれしい気もちもした」

「先生は生徒の作文をたくさん読んできたけど、元宮《もとみや》さんのあの作文のことはよくおぼえてる」

陽太は、この先生の授業も受けられたらよかったのに、と思った。こわい先生だというさと、大きな声の迫力《はくりょく》に気もちが押《お》されて、近づくのさえさけていた自分をはずかしく思った。

「元宮さん、いや、佐久良《さくら》くんのお母さんは、早くに亡《な》くなったそうやな。お母さんも、犬をつれて散歩するのが好きやった。どや、犬と歩くのは？」

「最初はたいへんだと思いました。でも、楽しいです」

「先生も犬を飼っていたときは、散歩しながら話しかけたりするのが好きやった。もちろん答えてはくれんけど。でも、言葉をかわさなくても、わかる気がするもんな。そやろ？」

「はい。それに……」

「ん？」

「歩いてると、犬を見てみんながにこにこしてくれたり……」

「そやな。こいつはあいきょうのある顔をしてるからな。でも、それは犬のせいだけとちがうよ。佐久良くんが楽しそうなのが、まわりにも伝わっているんやで」

先生は立ちあがり、陽太の肩《かた》に手をおき、腰《こし》をかがめると、耳もとで小声でいった。

「佐久良くん、川島さんはちょっと調子がよくないみたいだから、家までしっかり送ってあげなさい。もちろん、犬といっしょにな」

先生はにっこり笑い、陽太と川島さんの顔をかわるがわる見ていった。

「ふたりとも、卒業したけど、またいつでも遊びにおいで」


陽太は川島さんと校門を出て、通学路を並《なら》んで歩きだした。フレンチブルドッグがふたりのあいだにいなければ、緊張《きんちょう》でがちがちになっていたかもしれない。

リーダーにならないと。

女の子はおまえについてきちゃくれないぞ。

ホームレスがいった言葉を思い出した。川島さんに気づかれないように深呼吸《しんこきゅう》をして、陽太は胸《むね》をはり、いった。

「川島さん、おとといはごめん」

川島さんはだまって、ポケットに手を入れたまま足を早めた。

陽太は次の言葉につまり、話題を変えた。

「作文のことだけど……。なぜ母さんが犬の死んだわけを書かなかったのか、ってぼくも考えたことがある。ぼくだったらどうしただろう、って。たぶん、うらみばっかり書いたと思う。それとも、何も書けなかったかもしれない。起きたできごとを忘《わす》れよう、記憶《きおく》からすっかり消そうとばかりしていたかもしれない」

川島さんは陽太を見て少しほほえんだあと、まえを向いた。

信号のある交差点が見えてきた。母さんをむかえにきていたリップの姿《すがた》を、陽太は思いうかべた。リップは母さんを見てしっぽをふっただろう。そう思うと、胸をかすかにおさえられるような感じがした。もし自分なら、死んだ犬のことを思って、信号のまえに立つたびにつらいかもしれない。

「母さんには才能があったんだと思う。自分の心の奥《おく》を、よく見つめることができたんじゃないかな。リップのことを文章に書いて、つらい思いを乗りこえようとしたんだと思う」

川島さんは何もいわなかった。陽太はそのときになって、ようやく気がついた。川島さんの右の耳にいくら話しかけても、聞こえないことを。

あわてて左がわにまわると、川島さんはけいべつするような目でこっちを見た。

「何？　こっちがわにきたりして。わかってるよ。お父さんがしゃべったんでしょ？　わたしの耳のこと。ほんと、おしゃべりなんだから。スピーチでしゃべるだけにしといてほしいな。こっちの耳が聞こえないことを、佐久良《さくら》くんにばらすなんて。クラスのだれにもないしょにしてたのに……」

陽太はごまかす言葉を思いつかなかった。せっかくいっしょに歩いているのに、こんなことになるなんて。

道路をふるわせて大きなトレーラーが通りすぎていった。川島さんは、車の騒音《そうおん》に負けないほど大きな声でいった。

「ごまかそうとしても、あかんよ。バレバレなんや。お父さんは、佐久良くんが幼《おさな》なじみの子どもだとわかって、ガードが低くなって、ついべらべらとしゃべったんや。そんなふうだから、自分の作文は文集に載《の》らないのよ」

トレーラーが通りすぎたあと、陽太はため息をこぼすようにいった。

「ぼくの作文も、載ったことないよ」

川島さんはかすかに笑い、小声でいった。「わたしも、だよ」

陽太がはずかしそうに笑うと、川島さんは陽太の目を見て、笑いだした。ふたりの笑い声がいっしょになった。

「ねえ、佐久良《さくら》くんは、静岡《しずおか》にいったことある?」

「静岡? ない。どうして?」

「ひとりで東京《とうきょう》にいくつもりやったのに、バス代がたりなくて、静岡行きにしか乗れなかったの。東京に近いから都会だと思ってたのに、大阪《おおさか》よりいなかでがっかりした。アホやね、ほんまに」

「新幹線で通過したことしかないよ。名古屋《なごや》はちょっと都会だったけど」

「うん。名古屋のあと、あんなにいなかになっていくなんて、バスが道をまちがったんかと思った。お父さんらに心配かけたのは悪かったけど、いつまでたっても子どもあつかいすることもあって、イヤになって……」

陽太は川島さんのお父さんが、「ミルク」と呼《よ》んでいたことを思い出した。もしかすると川島さんは、そう呼ばれるのもイヤなんじゃないか……。

信号が変わり、いっしょに交差点をわたった。

「静岡から帰ってきたら、今度東京から転校生がくるって聞いた。楽しみやったよ」

陽太はどきっとした。

川島さんは笑みを浮《う》かべて、横目でこっちを見ている。

「静岡から来たと思ったんじゃない?」

陽太がじょうだんをいうと、川島さんは笑った。たぶんアタリなのだろう。

「こっちに来て、どうだった？　小学校は東京とちがってた？」

「一年だけだからよくわかんないけど。でも……校舎は東京で通っていた学校よりも、ずっと都会っぽいかも。ガラスばりのおかげで明るいし。東京でもあんなの、なかなかないよ」

母さんが通った校舎ではなくなっていたことに、がっかりはした。でも、新しい校舎自体は悪いとは思っていなかった。

「ああ……」

川島さんは笑みを浮かべながらも、あまりうれしくなさそうにうなずいた。

川島さんのお父さんが、久留實《くるみ》は猫《ねこ》のような性格だ、といってたっけ。ぼくがほめたせいで、川島さんはイヤそうな顔をしてるんだろうか？　女の子はむずかしいなと、陽太は思った。

川島さんはいった。「あのね、最初はあの校舎はきらいじゃなかった。四年生の初めに建てかえの計画を聞いたときは、うれしかった。けど、あとから、いろんな意見があったと聞いたの。歴史のある古い校舎をこわして、わしらの思い出をつぶすつもりか、という人がたくさんいたらしい。ほら、この通りには、うちのマンションがあるでしょ」

いつのまにか、川島さんのマンションのある通りに入っていた。

「このあたりは寺の門前町《もんぜんまち》で、奈良《なら》には空襲《くうしゅう》がなかったから、ずっと昔からの家がたくさんあったの。そこにマンションを建てることになって、反対運動とかいやがらせが、けっこうあったらしい。そのころはわたしはまだ小さかったから、よくわからなかっただけ。お父さんをきらってる人は大勢《おおぜい》いるみたい。『町をこわしてまわる金もうけ主義の建築家』とか書かれた紙が、うちのポストに入っていたことも何度かある」

川島さんのお父さんの仕事と、川島さんとは関係ない。でも、つらい気もちになるのもわかるな、と陽太は思った。川島さんが家を飛びだした理由には、それもあるのかも……。

「佐久良《さくら》くん、これからどうするつもり?」

「川島さんを家まで送ろうかと……」

川島さんは、陽太をじっと見てからいった。

「さっき、先生にそうしろっていわれたんでしょ?」

えっ、聞こえてたのか。

「そのあとは、どうするの?」

「たしかに先生には、送っていけっていわれたけど、どこかにいこうって川島さんをさそうつもりだったんだ」

陽太は気《け》おされそうになりながら、ここで負けちゃだめだ、と胸《むね》をはった。

「犬をつれて、ということ?」

「うん。でも、ただの散歩じゃないよ」

川島さんはにっこりとほほえんだ。

陽太もうなずき、笑みを浮《う》かべた。心のなかでは、ブルといっしょにガッツポーズをしていた。

「ありがとう。でも、ここでバイバイするね」

川島さんはフレンチブルドッグをなでた。「このまえはごめんね。じゃ、佐久良くんといっしょに散歩しておいで。バイバイ」

川島さんはマンションのほうへ走っていった。

呼び止めようかと思ったけど、陽太は声が出なかった。

ただの散歩じゃないのにねえ。ブルが陽太を見あげて、そういっているように見えた。

「そうだよな。いこう」

陽太はマンションに背《せ》を向けて、歩きだした。

川島さんが家出のようなことをしていたなんて、びっくりだ。でもそういえば、陽太も奈良にきたばかりのころ、友だちもいなくてつまらないから、ひとりで東京にもどろうか、とふと思ったことがある。フレンチブルドッグのしっぽのないおしりがゆれるのを見て、おまえも、もしかして家出してきたのか、と陽太は心のなかでつぶやいた。フレンチブルドッグの耳が、背後《はいご》の音を聞きとろうとするように、うしろにかたむいている。

だれかが走る足音が、うしろからぐんぐん近づいてきた。フレンチブルドッグが先にふりむき、陽太もふり返った。

川島さんだった。

えっ、どうしたんだ、と思ったけど、すぐに、川島さんは「猫《ねこ》」なんだっけ、と思い出した。ほんとうに、追いかけると逃《に》げだし、はなれるとついてきたのだ。お父さんがいっていたとおりなのかもしれない。

「待って。忘《わす》れもの」

「えっ、忘れものって?」

川島さんは息を切らしながらいった。「あのね、さっき小学校を出たあと佐久良《さくら》くんがいってたこと。ほんとに、よく聞こえなかったの。よかったら、もう一度話してくれない? ねえ、お願い」

聞きとれなかったことを、もう一度聞くのに、「忘れもの」というなんて、おもしろいコだと思った。

陽太は母さんがなぜ、書き直した作文のなかでは、リップが死んだ理由にひとこともふれなかったのか、考えていたことをいった。

「……ほんとうのことはわからないよ。でも、ぼくはそう思うんだ」

「そうね、きっとそうだとわたしも思う」川島さんはいって、くちびるをかみ、だまってしまった。

川島さんが、母さんの書いた作文を気に入ってることは、知っていた。でも、もう一度読むためだけに卒業した小学校にわざわざいったなんて、おどろきだった。そのことをもう少しいろいろ話したかったけど……。

「それじゃ」陽太はいって、またフレンチブルドッグといっしょに歩きだした。

ブルはうしろが気になるのか、何度もふりむいている。

どうやら川島さんは、陽太たちのあとをついてきているようだ。

思ったとおりだ。でも、ふりむいたらまた逃げだすんじゃないか……？

陽太は川島さんの行動にとまどいながらも、自分にも似《に》たところがあるな、と思っていた。

東京の小学校での最後の日、陽太のためにお別れ会が開かれることになっていた。うれしくないわけじゃなかったけど、なんだか複雑だった。

お別れ会で、みんなにさびしい顔を見せたくなかった。かといって、笑顔でいることもできない感じだった。どうしたらいいのかわからない。

そのうち、みんなはほんとうに、自分がいなくなるのをさびしいと思ってくれているのだろうか、と思い始めた。

いろいろと考えているうちに、だんだんイヤになり、当日はおなかが痛《いた》いとウソをついて休んでしまった。

会は中止になり、みんなにちゃんとお別れをいわないまま、学校を去ることになった。

会をさぼるべきじゃなかった、とあとから後悔《こうかい》した。さびしかった。自分はなんてめんどうくさいやつなんだ、と思った。

ほんとうはうれしいのに、はずかしくてうれしいと口にできないときがあったり、うれしくないふりをするときもあった。

陽太は、自分はブ男だと思っていた。じっと見つめられると、相手が心のなかで、おもしろい顔だな、と思っているような気がして、思わず目をそらしてしまう。そんなことしても、自分の顔がカッコ悪いことは変わらないのに。

もしもう少しカッコよければ、女の子にも好かれるだろう。お別れ会があっても、陽太のことを好きな子が、本気で別れを悲しんでくれたかもしれない。だれにも好かれていない自分のお別れ会なんか、だれも悲しまないし、べつになんとも思わないにちがいない。

川島さんはきれいだし、男子のあいだでも人気があった。こんなことでなやんではいないだろう。でも、気もちをすなおにあらわせないところがあるみたいだから、じつは同じようなことを思っていたりするのだろうか。

フレンチブルドッグがしょっちゅう立ち止まって、電柱や植《う》えこみの匂《にお》いをかいだり、おしっこをしたりするので、川島さんとの距離《きょり》は、少しずつちぢまっていった。

川島さんが興味を持っているのは、陽太なのか、フレンチブルなのか。

川島さんのお父さんは、おじいちゃんちに犬がいたといってたけど、川島さん自身は犬のことをよくは知らないのかもしれない。

でも、犬が好きなのだ。おじいちゃんちにいた犬のことを思い出すから、鼻の低い犬はきらいだ、なんていったのだ。きらいというのは、好きの裏返《うらがえ》しにちがいない。

ぼくに興味があるから、あとをついてきてると思いたいけど、きっと興味があるのは犬のほうだろう。

さっき陽太がさそったとき、ことわったのは、犬を口実にしてさそっている、と思ったからかもしれない。たしかに、そうなんだけど……。

「佐久良《さくら》くん！」

川島さんがふいにさけんで、陽太の足もとを指さした。

うんこがしてあった。それも、いましたばかりみたいだ。気がつかなかった。川島さんが教えてくれなければ、ふんでいたかもしれない。

「早くとらないと」と、川島さん。

うんこはひとつではなく、線をえがくように点々ところがっていた。陽太が足を止めずにどんどん歩いていったから、フレンチブルドッグは、しながらついてきたのだ。

陽太はリュックを開《ひら》いた。あれ、ない。中身を地面にぶちまけて捜《さが》したけど、うんこを入れるふくろが見つからない。

道路に放置されている犬のフンは、めずらしくなかった。「犬のフンは持ち帰ってください」というはり紙はたくさんあるのに。うんこをさせていると、横を通りながらにらみつけていく人もいた。陽太は、ちゃんと持って帰りますよ、というように、わざと大げさな手ぶりで、ふくろやティッシュでうんこをつかんだこともあった。

「うちに帰ってティッシュをとってこようか？」

川島さんがいったとき、カートをごろごろと引いて通りかかったおばさんが、声をかけてきた。

「なんや、にいちゃんら、持っててへんのかいな？」

おばさんはうんこをのぞきこむようにした。

「ここでさせようとしたわけじゃなくて……」と陽太は口ごもった。

「出ものはれもの、ところ選ばず、とゆうてな。そういうもんや」

おばさんはカートのなかのスーパーのふくろから、半透明《はんとうめい》なうすいビニールぶくろをひとつらなりとりだして、指先をなめて一枚《まい》ちぎった。スーパーにある、野菜や生ものなどを入れるふくろだ。

おばさんはふくろに手を入れて、うんこをひょいひょいとつかみ、手早くひっくり返して口をしばった。

「おばちゃんが捨《す》てといたるから。ふくろもあげるから、持っていき。おばちゃんとこにも犬がいるから、スーパーにいったらいつも、このふくろをよぶんにもらって帰るんや。ほんまはあかんのやけど。まあ、ええやろ」

陽太は心からお礼をいった。「ありがとうございます」

「お散歩うれしいね。だいぶ季節もようなってきたから、気もちもええし。いってらっしゃい」

「いってきます」陽太は明るく答えた。

おばさんがいなくなったあと、川島さんと顔を見あわせて思わず笑った。

「いい人だね」川島さんがいった。

「うん」

「わたし、ああいうおばちゃん、ほんまのことといったら苦手やったの。でも、ヘンケンやね」

「ぼくもだよ」

陽太は、リュックからぶちまけた荷物を拾って入れ直した。川島さんも手伝って、ペットボトルや地図をわたしてくれた。

「地図にマーカーが引いてあるね。もしかして、歩いたところ？　たくさん歩いてるんだね。ちょっと見せて？」

川島さんは地図を広げた。「ねえ、この『水』っていうマークはなんなの？」

「ペットボトルの水がなくなったときの緊急補給《きんきゅうほきゅう》地点。水くらい、自動販売機《はんばいき》で買えばいいんだけどさ」

「この近くにも『水』のマークがあるね」

ペットボトルの水は、もうあまりない。フレンチブルドッグはのどがかわいているようだ。

「ちょっともらいにいこう」

路地《ろじ》に入り、神社の横を通りすぎ、せまい道路のつきあたりにある地蔵堂《じぞうどう》を左におれると、奥《おく》行《ゆき》はないけど幅《はば》の広い、古い店があった。道に面していろんな魚が並《なら》んでいる。昔からずっとあるような魚屋だ。

以前通りかかったとき、フレンチブルドッグが地面に落ちている氷を見つけて食べた。魚の入った箱からこぼれ落ちたのだろう。

カリカリとかむ音は、おいしそうにひびいた。ただの氷よりも、もっといいものみたいだった。それとも氷はほんとうは、アイスキャンディーやデザートよりもおいしいのに、陽太たち人間は気がつかないのか。それとも、忘《わす》れてしまっているだけなのか。

そのとき店主があらわれた。おじいさんだけど、肌《はだ》のつやがよくて元気そうだ。

「すみません、犬が氷を食べちゃったみたいで……」

「ええよ、ええよ。いくらでもどうぞ」

おじいさんは、白い食品トレイに氷を入れて出してくれた。

「もっと食べるか？　うちにも犬がいてな。朝はワシが起きると、外に出してやるんやけど、まだいまごろの四時は暗いし寒いから、出たがらんな」

「……おじさん、朝の四時に起きるんですか」

陽太の父さんも、ときどき早く出ることがある。ふとんのなかで家を出ていく音を聞きながら、ぼくにはできない、ナオはえらいな、と思っていた。

「毎朝な。卸売市場《おろしうりしじょう》に仕入れにいかんとあかんから。最初はイヤでたまらんかったけどな、もう五十年もずっと続けてるから、いまじゃなんともないよ」

店主が仕入れてきた魚は、氷のたくさん入った箱のなかで、輝《かがや》いていた。

氷をただでもらったからというわけではないけど、魚を少し買って、家に持って帰った。ナオはとても喜んだ。その魚は、食べてみるとほんとうにぴちぴちして、おいしかった。

今日も店で氷をもらったあと、川島さんがいった。「このあたりにまえ、大きな市場《いちば》があったらしいよ。まわりにたくさん店が集まって、昔はにぎわっていたって、お父さんがいってた。そのころからの個人のお店が、まだいくつか残っているけど、年々へってるらしい」

「ぼくは、この店のまえを自転車で何度か通ったことはあったけど、スーパー以外のところで買いものしたことがなかったから……。たぶん、犬がいっしょじゃなきゃこなかったし、買いものもしなかったと思う」

ときどき料理をする陽太は、ナオのかわりに食品を買いにいくこともあった。

いままでは、モールや大きなスーパーで買っていたけど、このごろは、フレンチブルドッグと歩く途中《とちゅう》で見つけた小さな商店でも買うようになった。商店の人たちは、コンビニみたいに犬はダメです、とはいわなかった。

昔はどこの店にも、犬をつれて買いものにくる人がいくらでもいた、と氷をくれた魚屋の主人が教えてくれた。白い頭巾《ずきん》をかぶっているパートのおばさんたちも、犬がくると、とても楽しそうだった。

店を出たあと、フレンチブルドッグは西に向かって歩きだした。陽太は追いかけるようについていった。

「どこへいくの？」川島さんがフレンチブルに聞いた。

「どこだろうね」と陽太。

「どんどん歩いていいよ。きっといいところや」

結局、川島さんもいっしょについてきた。

ブルはＪ Ｒ奈良駅《ジェイアールなら》を通りすぎて、さらに西に向かった。きっとあそこにいこうとしてるんだ。陽太には心あたりがあった。

郵便局《ゆうびんきょく》のまえをすぎると、道はゆるやかな上りになり、小さな橋が見えてきた。

「佐保川《さほがわ》だ」川島さんがいった。

陽太の予想したとおりだった。

フレンチブルは橋の手前でおれて土手を少し歩き、川岸に下りる階段《かいだん》に向かった。川のなかに、平らな石がいくつもある。向こう岸にわたるための飛び石だ。石はみんな平らだが、それぞれの形はちがっている。四十センチくらいの幅《はば》をあけて、ジグザグにつながるように並《なら》べられている。

川岸に着くと、ブルはあぶなげなく飛んで、最初の石に飛びうつった。陽太もあとに続いた。陽太にとってはなんでもない距離《きょり》だったが、手にリードを持って、せまい石の上に犬と立っているのはちょっとこわかった。

ブルはなんともないのだろうか。引き返すそぶりは見せず、次の石へとまた飛んだ。

石のあいだを流れている川の水の量や勢いは、飛び石ごとにちがった。流れの強いところもあれば、弱いところもある。

川からの水しぶきで次の石がぬれていると、フレンチブルはしりごみをした。でも足に力をためて、勇気を出したというようにぴょんと飛んだ。

陽太もあとに続いて飛んだ。石の数はぜんぶで十一。十二回のジャンプのあと、フレンチブルドッグはぶじ向こう岸にたどりついた。

川島さんが手をたたいた。

「すごい！　すごい！」

フレンチブルは、川島さんのいる川岸に向かって、また飛び石をもどりだした。

「お気に入りみたいなんだ。ここにくると、必ず何度も往復するんだよ。雨がふるといやがるから、水は苦手だと思ってたのに」

フレンチブルドッグは川のまんなかあたりの石の上で立ち止まり、水の流れを見ていた。飲みたいのかと、すくってさしだしてやったのに、飲まない。すきとおった水の流れの下に、藻《も》がゆれ、小さな川魚の姿《すがた》が見えかくれした。

「小さな大冒険《だいぼうけん》なのね」と川島さんがいった。

陽太もそうだな、と思った。

小さいころ、東京のマンションの近くにあった公園の人工の川で、自分も夢中になって同じようなことをしていた。いまから思うと、なんでそんなに一生懸命《けんめい》だったのかと思うけど、それはほんとうにわくわくする、小さな大冒険って感じだった。

佐保川《さほがわ》は大仏殿《だいぶつでん》のある東大寺《とうだいじ》のほうから、町のあいだをゆるやかに西に流れてくる。そして陽太たちがいまいるあたりから、南へと向きを変えて流れていき、ほかのいくつもの川と合流をくり返しながら、大和川《やまとがわ》という名のもっと大きな川となり、やがて大阪《おおさか》平野をぬけて大阪湾に出るのだった。

土手ぞいの道には、万葉集《まんようしゅう》の歌の石碑《せきひ》がいくつもあった。千年以上もまえにここを歩いた人が作った和歌が、ほられている石碑だ。

陽太がフレンチブルドッグと川ぞいを歩いたことは、石碑になったりはしないだろう。石碑になるような歌を詠《よ》んだ人たちのことが、少しうらやましい気もした。でも、犬と歩いたことは陽太にとってはかけがえのない、とてもだいじな時間なのだ。

ブルと川のまんなかの石の上に立ち、川の水音を聞いていると、石碑になる歌を詠んだ人と、いまここにいる自分のあいだにも、無数の名もない人がいたんだな、と気がついた。

その人たちも、この川を見て歩いたのだろう。何を思っていたのかはわからない。でもきっと陽太と同じように、忘《わす》れられない大切な時間があったはずだ。お母さんと歩いたり、だいじな犬と歩いたり……。

いつか陽太たちがいなくなったあとも、まただれかがここにきて、川の流れを見ながら好きな人と歩いたり、ひとりで散歩をしたりして、だいじな時間をすごすのだろう。それは川の流れといっしょに、いつまでも続いていくだろう……。

「何を考えているの？」川島さんの声がした。

「何を考えているんだい？」陽太は、川を見ているブルに聞いてみた。

「ちがう、佐久良《さくら》くんがよ」

「あ、ぼく？　何も。ただぼーっとしてた」てれくさくて、川を見て時の流れのことを考えていた、とはいえなかった。

「そう？　遠いところを見てたみたいだけど……」

陽太は返事のかわりに、作文の話をしたときにいわなかったことを話し始めた。

「ぼくのお母さんの書いた作文のことなんだけど……。お母さんが作文に書いてつらい思いを乗りこえたんだろう、と思うようになったのは、つい最近なんだ。地図の、犬と歩いた道に色をぬっているときに、ふとそう思ったんだ」

川島さんは石をわたってきて、陽太たちの手前の石に立つと、聞こえているほうの耳を陽太に向けた。

「ぼくは、この町があまり好きじゃなかった。みんなはいいところだ、っていうけどさ。ぼくも家出したいな、なんて思ってた。でも、犬といっしょにあちこち歩いているうちに、気もちがだんだん変わってきた。この町を自分の足でたくさん歩いて、見て、感じていたら、町が自分の地図になったみたいだった。うまくいえないけど。奈良《なら》がぼくの町になったんだ。だからこの川も、まえに見ていたのとはちがうふうに見えるんだよ」

ホームレスは陽太に犬をわたして去っていったとき、流れに乗るな、行き先なんかどこだっていいから、自分で泳ぐことのほうが大切なんだ、というようなことをいっていた。

あのときは、何をいってるのかよくわからなかった。でも、たぶん陽太がいま思っているようなことをいおうとしていたのだろう。

「わかるよ、いってること。ねえ、佐久良くんってすごいね」

「そんなことないよ」陽太はそういいながらも、とてもうれしかった。

川島さんと話せただけじゃなく、いっしょに歩いて、すごいといってもらえるなんて、夢みたいだ。

川島さんはしゃがみこみ、フレンチブルドッグに話しかけた。

「あなたもこの知らない町にきて、きっと不安だったでしょ？　もうだいぶなれた？　名前はなんていうの？」

川島さんは、陽太が東京からブルもつれてきたと思っているらしい。陽太は犬のかわりに答えた。

「名前はないんだ」

「えっ、どうして？」

「……つけてないんだ」

陽太はいいながら、どきどきした。

川島さんは陽太の目をじっと見ると、大きくにっこりし、ほほを赤らめて、うれしそうにこんなことをいいだした。

「へーっ、そうなんだ。あのね、スヌーピーって知ってるでしょ？　世界でいちばん有名な犬だよね。でもね、スヌーピーは、自分がスヌーピーって名前だとは知らないのよ。信じられる？　飼い主のチャーリー・ブラウンの名前も、知らないの。なんやと思ってると思う？　毎日えさをくれる人。そして、自分のことは自分。スヌーピーだなんて思ってないの。つまりね、犬にとっては名前なんてどうでもいい、ってことなの。心と心がつながっていればいいの。佐久良《さくら》くんとこのコの関係も、きっとそういうことなんやろうね」

川島さんはフレンチブルドッグの顔を両手ではさみ、ほほえみかけた。

陽太は頭をかいただけで、何もいえなかった。

名前がないんじゃない。知らないだけだ。だって……。でもなぜか、ほんとうのことをいえなかった。川島さんのかんちがいを訂正《ていせい》したくないからだろうか。

早く事情を話しておいたほうがいいことは、わかっていた。でもいいだせないまま、川の流れによりそう、コンクリートの細い通路を歩いていった。

通路はふいにとぎれて、べつの水路が川に合流しているところに出た。水路は川の土手をくりぬいたトンネルから続いていた。水はほとんどかれていて、雨あがりの道路みたいになっている。トンネルのなかにずっと歩いていくこともできそうだ。奥《おく》はまっ暗で、耳をすますと、ゴーン、というような不気味なひびきがする。

「暗渠《あんきょ》っていうのよ。昔はちゃんとした川だったのが、いまでは道路なんかの下になってるの。町の下をここまで流れてきたんやわ」

川島さんが体をかたむけて、トンネルの奥をのぞいた。フレンチブルドッグもうしろ足をのばして、おそるおそるのぞいている。

「おーい」川島さんが声をあげた。

その声がトンネルに消えると、陽太も、おーい、と声をあげた。

陽太の声がトンネルの奥に吸いこまれるように消えると、川島さんが続けてまた、おーい、とさけんだ。

ふたりはかわるがわる呼《よ》んだ。ふたりとも声を出すのをやめると、また、不気味なゴーンというひびきが聞こえてきた。

フレンチブルは、トンネルの奥をじっと見ているだけだった。

「このコはちっともほえたりしないのね」

「うん、そういう犬種なんだ」

犬は、陽太たちといっしょにだれかを呼んだりはしなかった。

川島さんはトンネルをのぞきこんだ。「この川、どこからきてるのかな」

地図には載《の》っていなかった。

川島さんがトンネルのなかで動く影《かげ》を指さした。

「あ、亀《かめ》がいる」

石みたいに見えるが、こちらに向かって歩いているようだった。

「早くこっちにおいで。ゴールはもうすぐよ、がんばれ」

川の水はきれいだ。土手ぞいの道には、「このあたりには蛍《ほたる》が生息しています」という看板《かんばん》もあった。

でも、川岸に近い葦《あし》の草むらにちょっと目をやると、ジュースの空き缶《かん》やお菓子《かし》の空きぶくろが浮《う》かんでいた。だれかの忘《わす》れものか、捨てたのか、手ぶくろや毛糸の帽子《ぼうし》のようなものまであった。草むらの近くの水は灰色《はいいろ》ににごっている。陽太は悲しくなった。

夕食のあと、母さんの本棚《ほんだな》の本を見てみることにした。川島さんがいっていた、スヌーピーの本がないかと思ったのだ。

と、ブウブウという鼻声と、ドアをノックする音がひびいた。

「陽太、いいかな？　本を読んでるなら、あとでもいいけど。少し話したいことがあるんだ」

「いまでいいよ、どうぞ」

陽太がいうと、ドアのすきまから、ブルが先に立って入ってきた。

「陽太、ちょっと元気がないようだけど、だいじょうぶか」

「ナオ……、あ、父さん。本を読んでいただけだよ」

「無理しなくていいよ、ナオで」

「無理してるわけじゃないよ」

ちょっとほかのことが気になっていたから、ついナオと呼《よ》んでしまっただけだ。

父さんはにやりと笑った。「そうか、だったらいいけど。でも、ちょっと元気がないように見えるぞ」

「そんなことないよ。おいで」

ブルは体をぶるぶるとふったあと、陽太の足もとにやってきた。

「話っていうのは、このまえ東京でさそわれた仕事のことなんだ。今日、正式にことわりを入れた」

「わかったよ。ぼくは、ずっとここにいてもいいと思ってる。町にも少しずつなれてきたし」

「去年の春、会社をやめて奈良《なら》にいくことにした、といったとき、どうして会社をやめたのか、陽太にはくわしく話さなかっただろ。小学校を卒業したら、ちゃんと説明するつもりだったから、いま話してもいいか」

陽太はうなずいた。

父さんの話には、むずかしい言葉も出てきた。でも、だいたいのことは理解できた。

父さんは電力関係の仕事をしていた。最初は営業だったが、社内での異動《いどう》が何回かあり、P《ピー》R《アール》のためのネットサイトの編集をするようになった。

二年前の春に、東北の震災《しんさい》と原発事故《げんぱつじこ》があった。

父さんは、事故を見て思ったことを正直に、PRのサイトに小さな記事として書いた。事故に対する反省の気もちがあったからだ。

職場の人のなかには、できるならば原発をやめて、ちがう発電方法に切りかえることが、日本のためだけでなく、地球のためにもいいことだ、と主張する人もいた。でも、それと日々の生活のための仕事はべつだといって、大っぴらに口にする人はいなかったのだ。

父さんは原発に対して完全に否定的《ひていてき》なことを書いたわけではなく、子どもを持つ親の意見として、将来的《しょうらいてき》にはよく考えていかなければならない、と書いただけだった。ほんとうはもっとはっきりと、全面的にやめるべきだと書きたい気もしたけど、自分にもまだよくわからないことがあったから、ひとまずやめておいたのだそうだ。

でも、職場はその記事をよく思わなかったらしい。

父さんは陰湿《いんしつ》ないやがらせをされるようになり、ほかの担当《たんとう》に異動になった。左遷《させん》と呼《よ》ばれるようなあつかいだった。

父さんは、なやんだが、自分のしたことはまちがっていない、という思いが強く、いろいろと考えた末に仕事をやめることにした、といった。

そして、奈良《なら》にある母さんの実家が長らく空き家になっているから、そのままにしておくのもよくないだろうと、そこに引越《ひっこ》して、新しい仕事につくことに決めたのだ。

父さんがかつて電力会社でもらっていた給料は、悪くなかった。おかげでたくわえもあり、母さんの実家に住めるので家賃《やちん》もいらないから、奈良での職探《しょくさが》しがうまく進まず不安定なアルバイトしかなくても、なんとかやってこられた。でも先のことを考えると、不安になることもあった。

そんなとき、父さんよりまえに職場を去り、新しい事業を始めたもとの同僚《どうりょう》から、仕事のさそいを受けた。それが、陽太の小学校の卒業式の日に東京へ行った理由だった。

東京でもとの同僚が提示した給料と待遇《たいぐう》は、いいものだった。しかしよく聞くと、仕事の内容は父さんがもともといた会社の下請《したう》けで、原発につながっている仕事だとわかった。もとの同僚《どうりょう》は、父さんよりもさらに原発に対して否定的《ひていてき》な思いを持ち、自分がやめるときに、父さんにも退職しないのかといった人でもあった。だがその人には三人の子どもがいて、全員が私立《しりつ》の学生だった。お金が必要なのだ。あのときいってたこととやってることがちがいませんか、とはいえなかった。父さんはどうしようかと迷ったが、自分の考えをつらぬくために、やはりさそいをことわることにした……。

陽太には、原発がいいのか悪いのかはよくわからないけど、事故が起きたらたいへんなことになる、ということは知っている。今後どうするかは、よく考えなければならないと思っている。でも、それと父さんが仕事をやめることと、どうつながるのかはよくわからない。

「そんなことでいい仕事の口をふいにするなんて、陽太は父さんのこと、底ぬけのバカだと思ってるんじゃないか？」

陽太は目をふせて答えた。

「父さんがバカかどうかはわからないけど……。バカかどうかは、他人が決めることじゃないと思う」

同じクラスで受験に失敗した女の子が、あたしはアホってことや、といって泣いているのを見たとき、はらが立った。陽太も不合格になったけど、バカかそうじゃないかは、中学の試験によって決められることじゃない、と思ったからだ。

「陽太のいうとおりだと思う。自分じゃ、底ぬけのバカだなんて思ってるわけじゃない。父さんは自分にウソをつきたくなかったんだ」

父さんはフレンチブルドッグの頭をなで、耳をやさしくつまんだ。ブルは骨《ほね》の形をしたおもちゃをしきりにかんでいる。

「父さんも陽太と同じで、犬を飼ったことはなかった。でも、いいもんだね。つかれて帰ってきても、いつも変わらず喜んでむかえてくれる。それだけで元気が出るよ。東京から帰った日はすごくつかれていたけど、こいつがいたことで、どれだけ気もちがらくになったか」

父さんは陽太が手に持っていた本を見た。「寺山修司《てらやましゅうじ》の『不思議図書館』か……。その本にも、母さんが書きうつしたメモがあったのか？」

陽太はメモを読みあげた。

「犬は自分を犠牲にしても、人間のために献身する。だから人々は、犬が心から人間好きで、『人間になりたがっているのだ』と思いがちだが、それはまちがいである。犬は、いつでも自然（野性）に帰りたがっている。そして、その気持ちを抑えながら、人間と暮らし、人間を助け、人間を喜ばしてくれている、のである。」

陽太は顔を上げていった。「そのとおりだと思うよ」

陽太も、犬は人間になりたがっているんじゃないか、と思ったことがあった。コンビニやゲームセンターに入りたがるのは、買いものやゲームをしたいからかもしれない。幼稚園《ようちえん》のさくの外に立ち、遊んでいる子どもをじっと見ていることもあった。フレンチブルドッグも人間の子どもになって、幼稚園に入りたいのかもしれない。

でも、実際はちがうのだろう。犬はただ、人の多いにぎやかなところに興味があるだけなのだろう。

陽太は母さんの本棚《ほんだな》を見た。

「母さんはほんとにたくさん、本を読んでいたんだね。生きていたら、小説を書く人になったかな」

父さんはほほえんだ。「そうかもしれないね。この家に引越《ひっこ》してきたのは、母さんの残した本をおまえにも読んでほしい、と思ったからでもあるんだよ。陽太も本が好きだろ。そのうち小説を書けよ」

ぼくには無理だ、と陽太は思った。でも、いつか書けるかも。書きたかったかもしれないのにできなかった母さんのために、心にためた思いを言葉であらわし、物語を作ればいい。

父さんがまた話しだした。

「原発の問題点をひとことでいえば、発電のあとに出る核廃棄物《かくはいきぶつ》をどうするかってことなんだ。

つまり、犬のうんこならほうっておけば土にかえるけど、核廃棄物は人間に害がなくなるまでに、ものすごく時間がかかる。うんこなら踏《ふ》んでも洗《あら》えばいいけど、核物質《かくぶっしつ》は洗い流せるものじゃない。以前は犬のうんこを持ち帰る飼い主はあまりいなかったが、いまでは、道にうんこが落ちていることなんてほとんどなくなったからね。原発の危険性《きけんせい》を気にする人がふえていけば、世の中も変わっていくよ」

その夜、陽太はなかなか寝《ね》つけなかった。川島さんと歩いたときのことが、頭をぐるぐるとめぐっていた。リードを川島さんにわたすとき、手にふれてしまったこと。どこかのおばさんがフレンチブルをなでながら、陽太と川島さんを見て、あなたたちお似合《にあ》いね、といったこと。そんなことを思い出すだけで、顔が赤くなった。

でも、いいことばかりではなかった。

犬の名前のことでウソをついてしまった、と思うと、心が痛《いた》んだ。自分でも、名前をつけたいと思ったり、勝手な名前で呼《よ》んでしまいそうになったこともある。でも、ぼくは飼い主じゃないんだからと、我慢《がまん》したのだ。

それがどういうわけか、ほかの人には迷子《まいご》の犬なんです、といえたのに、川島さんにはうちあけられなかった。そんなことをいうと、川島さんががっかりするような気がしたからだ。

なんだ、佐久良《さくら》くんの犬じゃないの、といわれたら……。

ちがう。川島さんのせいでもない。川島さんのせいにするのは、自分につごうのいいごまかしだ。

飼い主はなかなか見つからない。ただ町を歩いたり、犬と散歩している人に聞いたりするだけでは、無理なのだろう。

飼い主を捜《さが》しているのをいつのまにか忘《わす》れていることも、よくあった。犬と歩くことが目的になっているみたいだ。

季節が一日ごとに進み、変わっていくのを、いっしょに経験している。

ふと、飼い主捜しなどもうやめにして、このまま自分の犬にしてしまおうか、と思うこともあった。

きっと陽太は、フレンチブルドッグを自分の犬にしたかったから、ほんとうのことをいえなかったのだ。川島さんがそう思っているように、自分の犬だと思いたかった。ほんとうのことをいったらがっかりするのは、川島さんではなくて、自分のほうだったのだろう。

バカだなあ、と自分で思う。でも、だれかにバカじゃない、といってほしかった。父さんには、バカかどうかを決めるのは自分だ、なんていったけど、他人にバカじゃないといってもらえたら、らくになるのに。

父さんに相談してみようか。父さんも気に入ってるんだから、飼っちゃダメだとはいわない気がする。いや、そうだろうか。自分の考えにウソをつきたくないからと、給料のいい仕事を捨《す》てしまった人だ。陽太の自分勝手な気もちをみとめてはくれないだろう。最後まであきらめないで飼い主を捜しなさい、というはずだ。

父さんにくらべると、やっぱり自分はダメなやつなんだ、と陽太はなさけなくなった。

翌日《よくじつ》は雨の予報だったが、ふらなかった。明日もいっしょに散歩にいきたい、ときのうの別れぎわに川島さんはいっていた。でも、さそいにいくのははずかしいから、雨がふるのをひそかに期待していたのに。

マンションのインターフォンを押《お》すと、川島さんはうれしそうに、飛びはねるようにしてあらわれた。

行き先はいつものように、フレンチブルドッグまかせだ。

陽太はずっとどきどきしていたけど、以前のどきどきとはなんだかちがう気がした。

三条通《さんじょうどお》りに出て東に向かったあと、フレンチブルドッグは春日大社《かすがたいしゃ》の一《いち》の鳥居《とりい》のまえに出て、また引き返した。

猿沢池《さるさわいけ》のほとりにくると、水を飲みたいのか、池をしきりにのぞきこんだ。

「ペットボトルの水が少なくなったから、ここでくむよ」

陽太は池の近くにある神社に入っていった。鳥居の向こうの社《やしろ》は、うしろを向いて立っている。

「ヘンなの」陽太がいうと、川島さんがたずねた。

「知らないの？　采女《うねめ》伝説のこと」

陽太は首をふった。

「采女っていうのは、天皇《てんのう》につかえた女官のこと。そのひとりが、天皇に愛されていたのに心変わりをされて、この池に身を投げたらしい。かわいそうに思った人々が、この神社を建てた。ところが社《やしろ》はひと晩のうちに反対向きになったんだって。采女が、自分が命をたった池を見るのがつらくなり、背中《せなか》を向けたっていわれてるの。この話、信じる？」

池の深さはひざくらいまでしかない。ただの伝説なんじゃないの、と陽太は思った。

そんな陽太の顔を見て、川島さんがいった。「わたしは信じてるけど？」

川島さんがいつもの調子で、あまのじゃくなことをいってるのかと思ったけど、顔を見ると真剣《しんけん》そうだった。

奈良《なら》公園の興福寺《こうふくじ》の五重塔《ごじゅうのとう》が、水面に映っている。観光客やカップルが写真をとっている。

池には鯉《こい》や亀《かめ》がいた。亀は水面に出ている石の上に、身をよせあうようにたくさん並《なら》んでいた。

「あの緑色の亀は、ほとんどみんな捨《す》てられた亀よ。夜店《よみせ》で売っているような亀。大きくなって飼えなくなると、ここに捨てるみたい」

「勝手に捨てたりしていいわけ？」

「わたしもそう思ってた。けど、ここは興福寺の放生池《ほうしょういけ》なんやて。仏教の教えで、つかまえた生きものを逃《に》がすための池をそういうの。つかまえたのと、買ったのはちがうかもしれないけど。買ったら、責任を持って最後まで見てやらないとね。でも、亀は広いところで泳げるから、ここにこられて意外と喜んでいるのかもしれない」

池の南から小川が流れだしていた。池の形をなぞるように西に向かい、暗渠《あんきょ》へと流れこんでいる。地図の上では、川は途中《とちゅう》で消えている。

もしかして、この池から出ていった亀が、佐保川《さほがわ》に流れこむあの暗渠を歩いていたのかもしれない。

フレンチブルドッグは勢いよく水を飲んだせいで、口のまわりがぐじょぐじょになっていた。陽太がタオルでふいてやろうとしても、いやがって顔をそむけている。

「おまえ、顔がしわしわだろ？　だから、ちゃんとふかないと」

鼻の上にのっかっているようなしわとしわのあいだのへこみに、よごれがたまることもよくあった。

「ほら、いやがったらあかんよ。おにいちゃんのいうこと聞いて、キレイキレイしてもらい」

川島さんは目を細めて、うれしそうにいった。「鼻のわきのところが、息をするとぷくっとふくらんだり、へこんだりするんだね」

最初は奇形《きけい》かなと思ったけど、長いはずの鼻を短くしたため、鼻の奥《おく》のところが両わきに広がっているのだそうだ。フレンチブルドッグの顔のなかでも、陽太が好きなところのひとつだ。

「こういう顔の犬を作ろうなんて、いったいだれが考えたんやろ。鼻は犬にとって大切なものでしょ？　犬は汗《あせ》をかかないから、長い鼻で空気を冷やして体に入れて、体温を調節してるのに。短い鼻やったら、ぜんぜん役に立たへんわ。でも、そんなこと犬にはわからんから、必死で息を吸って、ますます暑くなって、死んじゃうのもいるんやって。鼻のへしゃげた犬、わたしは好きやけど、そう考えたらかわいそう。人間って勝手やな」

川島さんは犬のことにくわしいな、と陽太は思った。

「川島さんのところにはシーズーがいたって、お父さんから聞いたけど……」

「そう。正確には、おじいちゃんのところにいたんやけど。夏休みや冬休みに遊びにいったら、ずっといっしょやった。ほんとはあの地震《じしん》がなかったら、うちにゆずってもらう予定やった」

川島さんは言葉を切り、フレンチブルドッグの頭をなでた。

フレンチブルドッグは耳のあたりがかゆいらしく、うしろ足でかき始めた。

「どこがかゆいの？　ここ？　それとも、ここ？」

川島さんがかいてやると、フレンチブルドッグはうしろ足でかくのをやめて、目を細めた。

川島さんが手を止めると、ブルはふたたびうしろ足でかき始めた。

「ごめん、ごめん。まだかゆいか。ここ？　ここかな？」

フレンチブルは気もちいいのか、首をのばして目を閉《と》じた。川島さんが手を止めても、もうかかなくなった。

「あたりだったね」と川島さんはほほえんだ。

同じことを、陽太もしてやったことがあった。ブルがかゆがっているところをうまく見つけたときは、気もちがひとつになったようでうれしかった。

ふいに、川島さんの目から大粒《おおつぶ》の涙《なみだ》がぽたぽたと落ちた。どうしたんだろう、と陽太はぎょっとした。

「ごめん……。ちょっと思い出してしもた。あかんな」

ハンカチを貸したくても、陽太はフレンチブルドッグの顔をふいたタオルしか持っていない。

川島さんは自分のハンカチをとりだして、涙をふいた。

「だいじょうぶ。ありがとう。もうだいじょうぶやと思ってたんや。あのコは死んだのとちがうし。どっかで生きてるかもしれんし。……あのね、おととしの三月に原発の事故があったでしょ。おじいちゃんの家は避難区域《ひなんくいき》にあったん。おじいちゃんはわたしのためにも、なんとかポポもつれて逃《に》げたかったんやけど、できんかって。おじいちゃんも、それからちょっとして死んでしもうた。そのときにお父さんが少しだけ家のほうにいったけど、ポポはもうどこにもおらんかったって。わたしが冬休みにいったときに、つれて帰りたいってもっとゆうてたら、こんなことにはならんかったし、おじいちゃんも、わたしに悪かったってなんべんも謝《あやま》らんでよかったし……」

フレンチブルドッグは川島さんをじっと見つめていた。

「心配してくれてるんや。ありがとう。ごめん、泣いたらあかんね」

川島さんが頭をなでると、フレンチブルドッグはうれしそうに体をゆらして、川島さんのぬれたほほをなめた。

「ポポっていう名前なの？」

「うん。でも佐久良《さくら》くん、もういわんといて。名前を聞いたらいろいろと思い出す。犬にはいましかない。過去なんか考えてないねん。いつも夢中でいまを生きてるの。せやから、忘《わす》れんとあかん」

陽太は池のほとりの采女《うねめ》神社のほうに目をやった。さっきは信じなかったけど、社《やしろ》はほんとうに池を見るのがつらくて、うしろを向いたのかもしれない。

「わたしね、ほんとは犬が飼いたいの。でも、ポポのことを思ったら飼えなくて。いろいろ考えてもしかたない思うて、バレエをがんばったの。そうしたら今度は、耳が聞こえんくなってしもて。なんか、どうしたらええのかようわからん。ぎゅっとだいてもいい？　だきしめて、キスしてもいい？」

「えっ？」自分にいわれているのかと、陽太はどきっとなった。

「このコをぎゅっとだいてもええ？」

川島さんは陽太の返事を待たず、フレンチブルドッグを強くだいて顔をくっつけた。

「きらいやなんていって、ほんとにごめんね。ほんまはあのとき、うらやましかったの。めっちゃつれて帰りたかったの」

川島さんはフレンチブルドッグをしばらくだきしめたあと、大きくため息をつき、深呼吸《しんこきゅう》した。

「わたし、今日はもう帰る。かたほうの耳が悪くなったせいか、少しつかれやすくなってて。ちょっと休んだら、元気になると思うけど」

「家まで送るよ」

「ありがとう」

いっしょに川島さんのマンションのほうへと歩きだした。

道の向こうにホームレスがいた。フレンチブルドッグをくれたホームレスだろうか……。見かけは似《に》ていたけど（といっても、陽太の目にはホームレスはみんな、ほとんど同じに見えた）、あの犬をつれていない。ホームレスはフレンチブルドッグにほほえみかけたが、陽太に声をかけてくることはなく、カートを引いて去っていった。

マンションのまえまで送って、川島さんと別れた。まだ歩けそうだったけど、陽太も家に帰ることにした。

川島さんの犬はいまもどこかで生きている、と思いたかった。

原発事故《げんぱつじこ》の汚染《おせん》により、発電所の周囲は避難区域《ひなんくいき》となって立入りが禁じられた。そのとき、飼い主がつれていけずに放置されてしまった犬や猫《ねこ》などは、のちに保護されたのもいたけど、食べものもなく、死んでしまったのもいた。

ニュースで見たときもかわいそうだと思ったが、実際に犬と暮《く》らしてみて、同じことが自分の身に起きたらどうだろう、と考えると、胸《むね》が痛《いた》くなった。

将来《しょうらい》、地震《じしん》や津波《つなみ》のせいでまた原発の事故が起きないとはいい切れない。もっとひどいことになる可能性だってある、と父さんはいっていた。

陽太が奈良《なら》に転校するとわかると、東京のクラスメートは、原発がこわくて逃《に》げるんだろ、といった。

地震のとき、原発から出た放射能《ほうしゃのう》が東京方面にも広がったことがあった。たしかにそのとき、陽太はその子に、東京から逃げたい、といった。その子はそれをおぼえていたようだった。

東京は地震が多い。でも、日本列島そのものが地震の多い場所だし、原発は日本じゅうにある。どこでも同じだよ、といいたかったが、いえなかった。

のどがからからになっていた。リュックから水をとりだそうとしたとき、手からリードをはなしてしまったが、フレンチブルドッグは逃げだしたりせず、陽太のそばにいた。

よしよし、えらい、と思って、リードをそのままに、先に水を飲んだ。そのとき、フレンチブルドッグがふらっと歩きだした。

「おい、待て」

ブルはふり返ったけど、止まろうとはしない。

陽太は追いかけた。ブルは遊んでいるとかんちがいしたのか、逃げるように早足になり、停車している車の向こうに姿《すがた》を消した。

「おい、どこへいくんだよ？　おい、どこへ……」

陽太は顔から血の気《け》が引いた。

こんなところで迷子にしてしまったら……。

と、車の下からブルの黒い頭がのぞいた。

「もう、心配させるなよな」

陽太はリードをにぎり、ブルの首すじに手をおいた。どこかでついたのか、顔にクモの巣のようなものがへばりついている。ブルは食べものと思ったのか、ぺろっとなめようとした。

「バカ、そんなのちっともおいしくないよ」

陽太は笑って、リュックに手を入れてタオルをとろうとした。

ふいてやろうとしたとき、すぐそばにやせ細った三毛猫《みけねこ》がすわっているのが、目に飛びこんできた。ブルが興味を持って近づこうとした。

猫《ねこ》は逃《に》げなかった。おびえるようすもない。背中《せなか》の毛をさかだてて歯をむきだし、前足を高くふりあげた。

あぶない、と思ったときにはもう遅《おそ》かった。ブルは、猫のするどい爪《つめ》に顔をひっかかれてしまった。

ブルは逃げだしはせず、向かっていこうともしない。ただぼーっと猫に顔を向けたままでいる。犬との遊び方を知らないように、猫と向きあったらどうすればいいのか、わからないのだろうか。

そのすきに、猫がカーッという声を出して、またひっかいた。

「やめろ」陽太は猫を追いはらおうと、足を一歩まえに出した。でもこわくて、腰《こし》が引けていた。

猫はとがった歯をむきだし、今度は陽太におそいかかろうとした。

陽太はブルをさっとだきあげて、逃げだした。

路地《ろじ》から飛びだすと、横からきた車にぶつかりそうになった。

「あぶないだろ！　もう少しで、ひいてしまうところだったじゃないか。……あっ、きみは……」

窓《まど》から顔を出したのは、川島さんのお父さんだった。

ブルの顔には点々と血がついて、かた目がふさがっている。

「そこの路地で、猫に……」

「わかったから、乗りなさい。知り合いの動物病院につれていってあげよう」

陽太はブルをだきあげて、車に乗った。

「だいじょうぶかい?」

「わかりません。目が見えなくなったらどうしよう……」

そのときフレンチブルドッグが、何ごともなかったように目を開けた。

でもまぶたの上やほほに、血のまるい粒《つぶ》がいくつもついている。

「よかった。見えなくなるかと思った」

「でも、病院にはいかないとな。野良猫《のらねこ》は病気を持っていたりするから。たいしたことなさそうに見えても、傷口《きずぐち》から菌《きん》でも入ったらたいへんだ」

川島さんのお父さんが動物病院へ向かって車を走らせているあいだ、陽太はブルをだきしめていた。ブルはおとなしくしている。痛《いた》いか? と聞いても、何もいってくれない。なんだかいつもよりおとなしい。もしひどい傷だったら、どうしたらいいんだろう。

病院は川島さんのお父さんが設計した建物で、看板《かんばん》がなければ動物病院とはわからない、まるで海辺のリゾート地にあるコテージのようなつくりだった。

「病院じゃないみたいですね」

「落ちつく場所にしたかったんだよ。病院ってどこも同じで、緊張《きんちょう》する場所だからね」川島さんのお父さんはいった。

待っているあいだ、陽太はブルの背中《せなか》をやさしくなでていた。

受付で、犬の名前と年齢《ねんれい》を聞かれた。川島さんのお父さんがいるせいで、陽太は迷い犬なんです、とは答えられず、口ごもった。

川島さんのお父さんがいった。「だいじょうぶだから」

若《わか》い女の看護師《かんごし》がやさしくうなずき、ブルをだきあげた。

「ぼくの犬ね。いっしょにきてちょうだい」

陽太は川島さんのお父さんに頭を下げて、ひとりで診察室《しんさつしつ》に入った。

日によく焼けた獣医師《じゅういし》は、ブルの顔を見るといった。

「たいした傷《きず》じゃないね。もう少しずれていたら目をやられて、へたしたら、かた目が見えなくなっていたかもしれんがね。しかし、傷口が化膿《かのう》したらあかんから、注射《ちゅうしゃ》を一本打っとこう」

「傷が残ったりしますか」

「人間と同じだよ。しばらくしたら、こんなかすり傷はきれいになくなってしまう」

陽太はようやく安心した。

看護師がいった。「だいじな子だもんね。おにいちゃんと散歩してたのね。でも、猫《ねこ》に向かっていったらあかんよ」

「はい。……でも、向こうが先に手を出してきたんだ」

先生は処置《しょち》をしながら笑った。「ほーっ、なかなか勇敢《ゆうかん》な猫やな。猫はたいがい、犬を見たら逃《に》げるのに。きっと、これまでよっぽどこわい目にあってきたんやな。ケンカをしないと生きてこられへんかったんや」

陽太は、おそいかかってきた猫をにくいと思っていた。でも、捨《す》てられて家もない猫が、どれだけたいへんな思いをして生きてきたのかと思うと、もうにくいとは思えなくなった。

先生が受付の人に呼《よ》ばれて外に出ていった。

看護師がカルテを見ていった。「あら、名前をまだ聞いてなかったね」

ここには川島さんのお父さんはいない。陽太はちょっと考えたあと、いった。

「じつは……迷い犬で、ぼくが保護してたんです。ぼくのブル……このフレンチブルドッグは、ぼくの犬じゃないんです……」

先生がはり紙を手にもどってきた。看護師が小声で何かいうと、小さくうなずいている。

先生はメガネをとりだして、はり紙を見たあと、メガネをずらして陽太の顔をのぞきこんだ。

「待合室《まちあいしつ》に、迷い犬のはり紙があったのに気づいたかな？　何匹分《なんびきぶん》かはってあるんやけど、じつはそのなかに、この子に似《に》たのがあったんや。その子は体にマイクロチップが入っててな。読取《よみとり》リーダーで読んだら、すぐに身もとがわかるんや。きみが名前をいわなかったのをちょっとヘンに思った受付の人が、はり紙に気づいてな。川島さんは、そんなことはないやろうと、いってはるが」

「いえ、そうなんです。迷い犬なんです。でも、盗《ぬす》んだわけじゃありません。ちゃんと、ちゃんと、毎日毎日、いっしょに飼い主を捜《さが》していたんです……」

声も体もふるえてしまった。先生のさしだす迷い犬のはり紙に目をやる。見るのがこわかったけど、いざ見たら、不思議と気もちが落ちついた。

もし飼い主が見つかったのなら、こんなにいいことはない。そのためにずっと歩いていたんだ。でも……。

「いやいや、まだその犬と決まったわけやないから。この子にチップが入ってなかったら、いくらリーダーをあててみたところで、何もわからへん。たしかにこのはり紙の子に似てるけど、ちがうかもしれない。きみはこの子がケガをして動揺《どうよう》してるから、親御《おやご》さんと相談してからでもいいし。どうする？」

陽太はフレンチブルドッグを見た。猫《ねこ》にひっかかれた傷口《きずぐち》の血は、もう止まっている。ことわる理由はない。でも、たしかめてくださいという気になれない。

「犬にマイクロチップなんて入れるんですね……」そんなことはどうでもよかった。ただ時間稼《かせ》ぎをしたいだけだ。

「みんなじゃないけどね。飼い始めるときに入れる人もいるんや」

「……お願いします」

先生はうなずき、フレンチブルドッグの背中《せなか》に読取《よみとり》リーダーをあてた。すぐに、ピッという音がした。フレンチブルドッグはおとなしくしていた。

先生はずらしたメガネの上から陽太を見て、うなずいた。飼い主がわかったのだ。

よかった、といううれしさと、ついにお別れか、と思う悲しさが、心のなかで大きくなったり小さくなったりした。力がぬけてしゃがみこんでしまいそうなのを、足をふんばってこらえた。

先生は外に出ていき、看護師《かんごし》が陽太の肩《かた》にやさしく手をおいた。

陽太はうなずくと、フレンチブルドッグをだいて待合室《まちあいしつ》に出た。いつもより、軽い気がした。

川島さんのお父さんの横に、川島さんが立っていた。お父さんが電話で知らせたのだろうか。

陽太を見ると、川島さんはいった。

「ウソつき」

そして陽太が口を開《ひら》くより早く、病院の外へ駆《か》けだしていった。

「ミルク！」川島さんのお父さんが追いかけていく。

陽太は動けなかった。腕《うで》のなかでフレンチブルドッグがブウ、と鼻を鳴らし、天井《てんじょう》を見あげて、鼻をひくひくさせた。

ようやく外に出ると、動物病院の屋根の上で風見鶏《かざみどり》がくるくるとまわっていた。ブルをだきしめると、消毒液の匂《にお》いが鼻につんときた。陽太は歯を食いしばり、ぎゅっと目を閉《と》じた。

7

夜、フレンチブルドッグはソファーにころがって眠《ねむ》っていた。白いおなかを半分見せて、いびきをかいている。

ときおり突然《とつぜん》、まぶたをぴくぴくさせて目を開《ひら》くが、目がさめたのかと思うと、やはり寝《ね》ている。ときどき白目になることもある。

耳は、遠い星のだれかと通信しているように、前後に動いている。足先も小きざみに動かして、走っているみたいだ。

初めて見たときは、病気なのかと心配したけど、目をさますとなんともないようだった。何度か同じことがあったあと、夢を見ているのかもしれない、と思いあたった。犬も夢を見るなんて、知らなかった。

夢のなかで走っているとしたら、どこを走っているんだろう。そして、いっしょにいるのはだれなんだろう。陽太《ようた》なのか、それとも飼い主なのか。

だれにしろ、きっとしあわせな夢にちがいない。陽太はブルの頭をやさしくなでた。

父さんが帰ってきた。獣医《じゅうい》の先生に聞かれて、父さんの携帯《けいたい》を教えたから、もう話は聞いているようだった。

「マイクロチップが入っていたとは……」と父さんはいった。

「でも父さん、はり紙を見たときに、ぼくはすぐわかったよ」

「写真でわかったのかい？」

「写真じゃない。掃除機《そうじき》のことだよ。はり紙に特徴《とくちょう》のひとつとして、掃除機のT字《ティー》の吸《す》いこみはきらいだけど、ほかのノズルなどで吸われるのはとても好きだ、と書いてあったんだ」

父さんは不思議そうに掃除機に目をやった。ゴミのたまる透明《とうめい》なタンクに、黒い毛のかたまりが見えた。フレンチブルドッグがくるまでは、白い砂《すな》のようなゴミが多かった。黒い毛はやがてなくなり、また白い砂のようなゴミばかりになるのだろう。

「川島《かわしま》さんのお父さんが通りかからなければ、どうなっていたかわからないね。よかったよ」父さんはいった。

ケガしたブルを病院につれていってくれたのは助かったけど、川島さんのお父さんのおかげで飼い主が見つかることになったのは、すなおに喜べなかった。

「……うん、でも、あの人のことは好きになれない。母さんの通っていた小学校をこわして建てかえたり、古い町なみをこわして、都会っぽいマンションを建てたりしているでしょ」

「あのね、陽太。古いものをだいじに思う気もちは、よくわかる。でも、思い出のある建物を守りたいからといって、新しいものを否定《ひてい》しちゃいけないよ。新しいものにも古いものと同じように、価値《かち》のある物語を生む力はあるんだ。陽太の通った新しい校舎が、いずれ陽太の心のなかでだいじなものになる日がくる。それに、川島さんのお父さんがどういう人であれ、助けてもらったのは事実だ」

「そうだね……ごめんなさい」

ブルがいつのまにか起きだして、掃除機《そうじき》のノズルの匂《にお》いをかいでいた。自分の匂いと、この家の匂いが入りまじっているはずだ。鼻をブウブウと鳴らして、いつまでも匂いをかいでいた。

翌日《よくじつ》は父さんの仕事が休みだった。父さんの車で、ブルをつれて出かけることになった。

奈良《なら》の東にある山の原生林の道路をぬけていく。道路は舗装《ほそう》されていなくて、でこぼこだった。

道路の両わきの木は、人の手が何百年も入っていないため、荒々《あらあら》しく自由に枝をのばしている。

木々の向こうには鹿《しか》の姿《すがた》も見える。町に近いところにいるよりも野性的な感じだ。

父さんが車を止め、窓《まど》を開けて空気を吸《す》いこんだ。

「気もちいいぞ。陽太も開けてごらん」

陽太が窓を開けると、ブルは窓のへりに足をかけて身を乗りだし、ブーッと鼻を鳴らして息を吸った。

鳥の声がどこからか聞こえ、ゴーッという、静かだけど力強い、水が流れるような音もした。町にはない、すんだ空気だ。息を吸うだけで、体のなかをさわやかな風が通りぬけて、きれいになる気がした。

目的地は高台にある公園墓地だった。母さんのお骨《こつ》をまだ家においている。でも、そろそろ奈《な》良《ら》に埋葬《まいそう》しようかと、父さんがいいだしたのだ。

墓地はきれいに整備されていて、奈良の町が見わたせた。陽太たちの家は、マンションの陰《かげ》になって見えない。近所の古い町なみは見える。瓦屋根《かわらやね》がやわらかな日を受けて光っていた。

「母さんに、ここはどうだろうな」

「ぼく、いいと思うよ」

「ぼくもそう思う。もう少しすれば、桜も咲《さ》く。春を楽しみにしてたのに願いがかなわなかった母さんに、桜を見せてあげられるしね。よし、決めた」

父さんはフレンチブルドッグのぬれた鼻にふれたあと、頭をなで、背中《せなか》にやさしく手をおいた。

「陽太、もしかして、自分で飼い主を捜《さが》しだしたかったと思ってないか？」

「ぼくには、やっぱり無理だったと思う。途中《とちゅう》で捜すことを忘《わす》れていたっていうか……自分の犬にしたいなって思う気もちもあったし……」

「じゃ、どこかよそで、このコを捜しているはり紙を見たら、無視《むし》したか？」

「しなかった。知らないふりはできなかった。……でも、なやんだと思う」

「陽太、その気もちを忘れるなよ。飼い主に返すのは当然のことだ。でもな、そんなに単純《たんじゅん》にはいかないこともあるんだ。返すにしても、いろいろな気もちが起きるだろ。たぶんこれからも、べつのことで同じような複雑な気もちを感じるはずだ。そのたび、納得《なっとく》いくまで考えて、きちんと向きあうんだ。そういうひとつひとつのつみ重ねが大切なんだよ」

「父さん、ありがとう」

「それから、たまたま今回は川島さんのお父さんのおかげで見つかったけど、陽太が歩いて出会ったことのひとつひとつがあって、ここにたどりついたんだ。それを忘れるなよ」

父さんは陽太の肩《かた》に手をおき、ほほえむと、奈良の町に目をやった。陽太も町を見て、自分が歩いた地図をその上に重ねた。

農家の集まる一角には、雑木林《ぞうきばやし》が見えた。陽太がぐうぜん見つけた、あの古墳《こふん》だ。父さんと弁当を食べ、ブルといっしょに遊んだところだ。もうあそこでいっしょに遊ぶこともないのだ。

いま、父さんと陽太のあいだにフレンチブルドッグがいる場所は、からっぽになる。

公園墓地からの帰り、陽太は家の近くでブルと車を降《お》りた。

「散歩してから帰るよ」

「帰ってからいっしょに……いや、おまえたちだけで、いったほうがいいか。なにしろ……」

最後だし、と父さんがいおうとしたのがわかった。陽太は父さんの言葉を最後まで聞かずに笑い、歩きだした。

「どこへいく？　最後の散歩だぞ」

ブルに声をかけたあと、これまではずっと飼い主を捜《さが》すために歩いていたんだから、散歩と呼《よ》べる散歩は初めてかもしれない、と気がついた。

「そうか、最初の散歩なんだ」陽太がつぶやくと、フレンチブルドッグは陽太を見あげた。

「どこでもいいよね、いっしょに歩こうな」

ブルは返事をするように、アスファルトをけって歩きだした。自分の足もとにいるだれかに向かって話しかけるなんて、犬といっしょに歩いて初めて経験したことだった。それがどうした、という人もいるかもしれないけど、すごいことだと陽太は思った。

と、アスファルトに黒いしみがつきはじめ、ブルが走りだした。陽太は、雨《あま》やどりのできる商店街のアーケードに駆《か》けこんだ。雨がやむのを待ちながら、商店街を歩く。人通りは少なく、シャッターを下ろしている店もあって、にぎわいは感じられない。

しばらくしてアーケードのとぎれた場所から外を見ると、雨はやんでいた。奈良《なら》公園へ続く道に出た。

ふたたび雨が落ちてきたのは、奈良公園に入ったばかりのときだった。商店街に引き返そうか、それとも犬と最初に会ったときのように、だいて走って帰ろうか。

迷いながら、大きな松の木の下に立つと、冬じゅう落ちない葉と広々とのびた枝のおかげで、ぬれずにすむのがわかった。何十年どころか、数百年はここに生えていたような、しっかりとした太い幹《みき》だ。あたりは暗くなり、まわりの何百本もの木々の葉を打つ雨の音が、大きくひびいた。鹿《しか》はどこにも見あたらない。

アーケードの下で待っていたほうがよかっただろうか。雨はなかなかやまなかった。

フレンチブルドッグは、ぬれた体を大きく上下にゆするように動かして、しぶきを飛ばした。

雨のすじは、公園の景色《けしき》を切りさくように落ちている。ブルのためにも早くやんでくれないか、と見ていると、すじはしだいに点線のように細くなってきた。

「もう少しでやむからね」陽太はブルに教えてやった。

だが、陽太の予想はみごとにはずれた。風が吹《ふ》き、木がゆれて、葉についた雨水《あまみず》をあたりにまきちらし、雨のすじもまたふえてきた。

フレンチブルドッグは立ったまま、雨を見ていた。べつにこのままでもかまわないよ、といっているように見えた。

「よし、ぼくも待つことにするよ」

陽太は空を見あげた。

雨がふるときと、やむときのあいだには、何があるのだろうか。

どうなったら雨は終わりになる？　雨がふりだすときのようすは知っているけど、雨が空から落ちる最後の一滴《いってき》は、見たことがなかった。

よし、それを見てやろう、と空を見あげて目をこらす。

雨のすじが細くなり、さらにだんだんと細くなって、いつのまにか見えなくなってやむのだろうと思っていた。

でも実際には、雨が糸のようになったあとは、もうすじは見えなくなり、ただの雨粒《あまつぶ》がぽつぽつ落ちるだけになった。

水道の蛇口《じゃぐち》も、しめると最後はぽたぽたとしずくを落として止まる。雨水《あまみず》も同じらしい。

雨粒が落ちる間隔《かんかく》が長くなるにつれて、あたりはしだいに明るくなり、鳥の声が聞こえだした。

傘《かさ》を閉《と》じて歩く人も出てきた。

そろそろ雨の終わりが近いようだ。

いつもなら、もう歩きだしたかもしれないけど、雨の最後の一滴《いってき》を見たかった。

でも、結局わからなかった。雨粒には、これが最後だというしるしなんかついていない。知らないうちに雨が落ちてこなくなり、思えばあれが最後だったのだ、と思うことしかできない。

木の葉をたたく雨の音は消え、ぬれた砂利道《じゃりみち》を歩く人の足音がひびきだした。

それでも陽太は満足だった。初めて「雨の終わり」を見たのだ。

しかたなく雨《あま》やどりをしていたというだけなのに、ちょっと得《とく》した気になった。

ひとりだったら、たいくつなだけだったかもしれない。友だちがいっしょにいてくれたから、楽しかったのだ。

友だちは、そんなことくらいとっくに知っていたよ、と思っているかもしれないけど。

小学校に傘《かさ》をとりにもどった日のことを思い出した。

川島さんが自分の席にすわり、窓《まど》の外を見ていた。

川島さんの心のなかでは、いまもまだときおり雨がふっているのかもしれない。

同じ教室にいたころ、陽太はよく川島さんを横目で見ていた。眠《ねむ》そうにしているな、とか、機《き》嫌《げん》がいいみたいだ、とか、川島さんのちょっとした変化も見のがさないようにしていた。でも、川島さんの心にふっている雨には気がつかなかった。

陽太は雨あがりの空を見あげた。雲がうすくなり、太陽の光が感じられる。ゆっくりと光は強くなっていく。新しい季節の扉《とびら》がゆっくりと開《ひら》いていくようだ。

「ほら、見えるかい。ぼくらの待っていた春だ」

陽太はフレンチブルドッグに話しかけた。

ブルは空をじっと見ていた。


ペロ。三歳《さい》と一カ月。

フレンチブルドッグのほんとうの名前と、いなくなったときの年齢《ねんれい》だ。生年月日は「二〇〇九年六月二六日」とはり紙に書いてあった。だから、あと少しで四歳になる。

陽太は、まだ一度もペロという名を口に出して呼《よ》んでいなかった。ペロと呼んでやれば、耳をたおして喜ぶかもしれない。

でも、その姿《すがた》を想像したくない自分がいた。

夕ごはんのあと、父さんがいった。

「陽太は、ペロと別れるのがつらいと思ってるだろ？　父さんも、つらくないといえばウソになる。でも、ペロは陽太のそんな気もちをうれしく思っているよ。それに、陽太がいなければ、飼い主とまた会うことなんてできなかったかもしれないんだから。よくしてくれてありがとう、と心から思っているはずだよ」

「父さん……」

陽太はうなずいた。父さんも、ペロという名前にはまだなれていないようだ。

父さんは電話をとりあげ、はり紙の連絡先《れんらくさき》を見た。

「ぼくがかけるよ」陽太はいった。

「そうだな。陽太はこのコのリーダーだったんだから、陽太が話したほうがいいね」

フレンチブルドッグはおもちゃの骨《ほね》をかじっていたが、陽太がせきばらいをすると、かじるのをやめて顔を上げ、じっと見つめた。

内心はどきどきしていることが、犬にもわかるのだろうか。

「……もしもし、佐久良陽太《さくらようた》といいます。フレンチブルドッグの迷い犬のはり紙を見ました。じつは、ぼくがあずかって保護していたフレンチブルドッグを動物病院につれていって、マイクロチップの確認《かくにん》をしたら、坂崎《さかざき》さんのおうちにいたペロだとわかりました」

「そうでしたか。それはそれは、わざわざありがとうございます。あのペロですか。元気にしていたんですね」

電話の向こうのおじさんは、落ちついた調子で答えた。

「はい。はり紙には、去年の夏にいなくなった、とありましたけど、ぼくが会ったのは最近です。ホームレスの人がつれていて、迷い犬だから飼い主を捜《さが》してくれって、ぼくにあずけていったんです。その人がいつ拾ったのかは、わかりません。ぼくはそれから毎日……ほとんど毎日……雨の日は休んだりしましたけど、奈良《なら》の町をあちこち歩いて、飼い主を捜《さが》していました」

「それはどうもどうも。ありがとう、ありがとう」

「いえ……」陽太は感謝の言葉をかけられると、はずかしくなった。

「そうですか、いたんですか。もう会えないとばかり思ってました。元気なんですか？」

「はい。あ、きのうちょっと猫《ねこ》に顔をひっかかれて、ケガしたんですけど、すぐに治ると思います。それはぼくの不注意でした。ごめんなさい」

「いやいや、そんなことない、そんなことない」

「で、どうしたら……」

「そうだねえ」おじさんはしばらく考えこんだ。

父さんがうなずき、かわってほしい、と目で合図した。

「陽太の父です」父さんはいって、相手と話しだした。

陽太は骨のおもちゃの一方を持ち、かじりやすいようにつきだした。フレンチブルドッグはおいしそうにがりがりとかんだ。口のまわりがよだれで白くなる。

こいつは、明日飼い主のところに帰ることを知らないし、ここにいるのは今日で最後だということも知らない。いつもと変わらない。

犬にはいましかない。明日のことは考えない……。

父さんは電話を切り、いった。「明日つれていくことになった。陽太だけでいくのは心配だから、仕事の時間を少し遅《おく》らせてもらうか、休みにして、いっしょにいくよ」

「だいじょうぶだよ」

「いや、そうしよう」

陽太も内心、そうしてもらったほうがいいだろうな、と思った。

フレンチブルドッグが段《だん》ボールのなかで寝《ね》たのは、最初の数日だけだった。いまでは、ソファーのひじかけのところに背中《せなか》をくっつけて寝るのが、定位置になっていた。

陽太は床《ゆか》にすわり、ソファーのクッションにほほをくっつけて眠《ねむ》っているブルを見ていた。

ソファーのまえにはテレビがあった。お笑い芸人の番組が流れていて、少しうるさかった。でもフレンチブルドッグは、突然《とつぜん》の大きな音には反応するけど、テレビの大きな音はうるさいとは思わないのか、目を開けることはなかった。たまに息を大きく吸《す》い、ブーッと鼻を鳴らす。文句をいってるように思えたけど、すぐにまたいびきをかきだした。

風呂《ふろ》で父さんが水を流す音がした。

陽太はブルの背中をゆっくりなでた。やわらかい毛が心地《ここち》いい。何度もくり返しなでた。ぬいぐるみとはちがう、あたたかさと生きていることのたしかな力強さが、手のひらから伝わってきた。ブルは陽太の手の動きに合わせるように、耳をたおしては起こした。見ると、もう目をさましている。耳がたおれると目を閉《と》じ、耳が立つと目を開けた。耳の動きで陽太と話をしてくれているように見えた。

気がつくと、肩《かた》に毛布がかけられていた。父さんがかけてくれたのだろう。窓《まど》の外は暗かった。真夜中だろうか。いつのまにか、ブルの横で眠ってしまったらしい。

立ちあがって自分のベッドにいこうとしたら、はらばいになって寝ているブルのうしろ足が、かたほうの手の甲《こう》にちょこんとのっているのに気がついた。

陽太、今夜はいっしょにここにいて。

そういっているようだ。

肉球《にくきゅう》に鼻を近づけてみた。あんなにたくさん歩いたのに、土の匂《にお》いもアスファルトの匂いもしない。犬の肉球は、どこを探《さが》しても見つからない匂いなのに、ずっと昔から知っている気がする匂いだ。

ぼくのこと、ぜったい忘《わす》れないでくれよ。ぼくも忘れないから。

フレンチブルドッグの住んでいた家は、陽太の家から車で北へ十分あまり行った場所だった。陽太の家のあたりと同じように、古い家が立ちならぶ地域《ちいき》だ。八百屋やカメラ屋の看板《かんばん》が出ている店もあったけれど、どれも閉《し》まっていて、人通りはなかった。

「このあたりをいつも散歩してたのかな？」と父さんがいった。

陽太の地図では、この道にも色がぬられている。ブルといっしょに、ここも歩いたのだ。

うすよごれた家のまえに着くと、父さんが車から降《お》りて、インターフォンを押《お》した。返事はなかった。

二階建ての小さな家だ。一階は店みたいだけど、古いシャッターが下りている。

ブルはうしろ足で立ち、車の窓《まど》ごしに家を見ていた。

「ほら、おまえの家だぞ」陽太は落ちついた声でいった。

そのとき道路の向こうから、コンビニのふくろを持った髪《かみ》のうすいおじいさんがやってきて、父さんに声をかけた。

父さんは駆《か》けより、おじいさんと話しだした。

陽太は車のなかで、ブルをなでていた。外で何を話しているかは聞こえない。

父さんがこまった顔でもどってきた。

「あの人が飼い主さん？」陽太はきいた。

父さんはポケットから携帯《けいたい》電話を出して見ている。同じ番号からの着信が何回かあったようだ。

「さっきから電話をくれていたっていうんだけど、マナーモードにしてて、気がつかなかった」

「何かあったの?」

「きのうは、つれてきてくれといわれたんだ。でもそのあと、何かあったみたいで……」

「どういうこと?」

「何かいろいろと事情があるらしいよ」

「えっ、でも、飼い主さんなんでしょ?」

陽太は父さんといっしょに車を降りて、おじいさんに頭を下げた。

「きのう電話をくれた陽太くんやね。ほんまにありがとう」

「あの……飼い主さんじゃないんですか?」

「わしは飼い主の弟なんや」

おじいさんの話によると、おじいさんの兄夫婦が、フレンチブルドッグの飼い主だったのだそうだ。でも兄は去年の夏にガンで亡《な》くなり、フレンチブルは葬儀《そうぎ》の日にいなくなってしまったという。その日はだれもそのことに気がつかず、わかったのは翌日《よくじつ》のことだった。

葬儀が始まるまえに親戚《しんせき》の子どもが遊んだのが、最後だった。あわただしくしていたので、いついなくなったのかはわからなかった。二階にずっといると思っていた、とおじいさんは言った。

「この犬は鳴かんでしょ。うちの近所の犬は、ワンキャンうるさくてしょうがないのに」

むだぼえしない犬種だからだ、と陽太は思った。でも鳴かないからって、だれもいなくなったことに気がつかなかったなんて……。

「鳴かないのはこの犬種の特徴《とくちょう》みたいですけど、きっとだいじに飼われてて、ちゃんとしつけもされていたんだと思います」

「ありがとう」おじいさんは顔をくしゃっとほころばせた。

親戚《しんせき》の人たちは、残された兄の妻のため、はり紙を作り、動物病院やペットショップや近くの掲示板《けいじばん》やスーパーなどにはってもらった。子どものなかった夫婦なので、この犬をわが子同然にかわいがっていた。元気のなくなった未亡人《みぼうじん》に少しでも笑顔《えがお》がもどるようにと、歩きまわって捜《さが》したこともあった……。

それで、おばさんはどうしたんですか、と陽太が聞こうとしたら、おじいさんがいった。

「だがな、ここにはもう、だれもおらんのや。去年の暮《く》れから老人ホームにね、行ったんや。忘《わす》れたわけじゃないけど、わたしも犬のことはあとまわしになってな。どこかでだれかに飼われてるんやろ、と思ってた。きのう電話をもらったときは、びっくりしてな。わたしが引きとろうと思って、つれてきてほしいと答えたんやけど、家族に相談したら、ちょっといろいろとあってな。……もしよかったら、ぼくがこのまま飼ってやってくれんかな。どうやろ?」

陽太は返事ができなかった。飼いたいのに。たのまれなくても、そうしたいと思っていたのに。でも、はい、とはいいたくなかった。せっかく見つかった飼い主に拒否《きょひ》されてしまったみたいで、ブルがかわいそうでたまらない。

車からフレンチブルドッグをつれてきた。

おじいさんが手をのばしてなでても、ブルははしゃいだりはしなかった。

「わたしがこの犬に会ったのは、兄が死んでからでな。兄が入院したとき、犬を飼ってると初めて聞いたんやわ」

亡《な》くなった飼い主は病室で、おじいさんに犬のことを話した。人なつっこくてな、すぐワシの横にくっついてくる。病院につれてきてほしいけど、動物はダメやな。さびしがっとらんかな……。

「自分の嫁《よめ》さんの話より、犬の話のほうをようしてるな、というて笑ってた。ちゃんと嫁さんがかわいがってるから心配せんでええよ、というたら、安心しとった。治ると思ったんやけど。あちこち転移しとって、手おくれでな……」

おじいさんは目をふせると、兄夫婦が住んでいた家をふり返った。「この家は近いうちに、こわすことになると思う」

「おばさんはもう、もどってこないんですか?」

おじいさんは小さくうなずいた。「もうほとんど何もないけど、よかったら入るか」

拒否されたわけじゃないんだ、いろいろとあるんだ、人にはそれぞれの事情が……と陽太は思った。

陽太はフレンチブルドッグをつれて、シャッターの横のドアからなかに入った。フレンチブルドッグはあちこちの匂《にお》いをかいでいる。

「おぼえているんやな、おぼえているんやな、アニキの匂いがするか、ねえさんの匂いがするか」おじいさんがいった。

でも陽太には、いつも知らないところで見せる動作と同じにしか見えなかった。ここはわたしの家だよ、といってるようには見えない。

でも、よく知っている匂いなのにちがいない。胸《むね》がいっぱいになるくらい、たくさんかいでおけよ。陽太は心のなかで、フレンチブルドッグにいった。

陽太には、去年の春に奈良《なら》にきて、家に入ったときにかいだのと同じ匂いに思えた。いい匂いじゃない。長いあいだだれも住んでいない家の、少しカビくさいような匂いだ。でも、今回はイヤだとは思わなかった。


フレンチブルドッグといっしょにこのへんをちょっと歩いてみたい、といって、陽太は父さんたちに家で待ってもらうことにした。

このあたりを歩くのは二度目だ。フレンチブルドッグのようすはいつもと同じで、とくに変わらない。

一本北の通りへ出ると、向こうに若草山《わかくさやま》が見えた。冬に焼かれて茶色になっていた山の芝《しば》のところどころに、緑があらわれている。

立ち止まって見ていると、メガネのおばさんが話しかけてきた。「一月に燃やされたのに、もう緑が見えてきた。春やな」

おばさんは自転車に小さな女の子を乗せて、押《お》していた。カゴには買いものの荷物がたくさんつんである。

毎年一月に山焼きという行事があり、若草山をおおうかれた芝に火をつける。昔からたえることなく続く行事だ。始まりの由来《ゆらい》は興福寺《こうふくじ》と東大寺《とうだいじ》の領地の境界線争いだ、という説もあった。「奈良《なら》ツアー」のとき父さんが教えてくれた。見てみたいと楽しみにしていたけど、今年の山焼きは、塾《じゅく》がありり見られなかった。

そのとき、自転車のまえについたいすから女の子が手をのばしていった。「ペロちゃん」

「ちがうよ、似《に》ているけど、これはおにいちゃんのワンワンよ。かわいいねえ」

おばさんが子どもに話しかけた。

陽太は思い切っていった。

「いえ、この犬はペロちゃんです。前にも会ったこと、あるんですか?」

「いつも、おじいさんとおばあさんがつれて歩いてはったよ。最近お見かけしないけど。お孫さん？」

「そうじゃないんですけど……。そのおじいさんとおばあさんのこと、知ってるんですか？」

「知っているといっても、たまにすれちがったときに、こんなふうに話すだけで、お名前も、どこに住んではるかも知らないのよ」

犬をはさんで話しあうおじいさんたちとおばさんのようすが、目に浮《う》かぶようだった。

「……じつはおじいさんは去年の夏に亡《な》くなって、いろいろあって、おばあさんは、いまは老人ホームにいるそうなんです。ぼくは孫じゃないんですけど、おばあさんは、この犬をあずかることになったというか……。でも、ふたりには会ったことがなくて……。どんな人たちでしたか？」

「やさしいご夫婦やったよ。うちの子にもようしてくれたし。いつも、手をつないで歩いてはった。この犬が先頭を歩いててな。なんか、この犬がリーダーで、がんばって歩け歩け、とふたりのお年よりを引っぱってるみたいやった」

陽太はふたりの顔を知らない。でもその姿《すがた》を思うと、鼻の奥《おく》がつんとなりそうだった。

「ペロちゃん」

女の子がまた手をのばすと、フレンチブルドッグはうしろ足で立ちあがり、自転車に前足をかけて耳をぴたっとたおし、短いうしろ足でぴょんぴょんはねた。

「かわいいねえ、ペロちゃん」おばさんがいった。

「わたしも、ほしい」

「また、そんなこというて。そのうち飼ってあげるから」

おばさんは娘《むすめ》にいったあと、陽太を見た。「それじゃ、おにいちゃんが飼ってあげているんや」

「はい」陽太ははっきりと返事をした。

おじいさんの弟に話を聞いてから、胸《むね》にひっかかっていたものが、すとんと落ちた。おばさんと話をしたおかげで、おじいさんとおばあさんから、この犬のことはきみにたのんだよ、といわれた気がした。

「おじいさんとおばあさんも、きっと喜んではるよ」

陽太は胸が熱くなった。

飼い主の家にもどると、陽太はまっ先にそのことを話した。

「いまそこで、おじいさんたちが犬を散歩させてるのを見たって人に、ぐうぜん会いました」

「アニキ夫婦は、ほんまによう散歩しとったようだからな」おじいさんの弟はいった。

「年よりが生きものを飼うのはよくない、といわれたこともあったようやが。自分のほうが先に逝《い》ってしまうかもしれんからな。でもアニキは、ねえさんのぐあいが少しでもよくなるようにと、犬を飼い始めたんや」

「陽太、おばあさんは認知症《にんちしょう》なんだそうだよ」父さんがいった。

「そう、ボケてしもたんや。でも、家でじっとしていたら進行するばかりや。少しでも刺激《しげき》になるようにと、アニキは犬といっしょに散歩することにしたんや。歩くのは脳《のう》にええというからね」

おじいさんの弟はフレンチブルドッグの頭をなで、体にふれた。「ふたりで、いろんなこと話しながら歩いとったんやろうな。でも、なんちゅうことやろ。アニキのほうが先に亡《な》くなって。アニキが入院するとねえさんも気落ちして、散歩どころやなくなって、そのうちどんどん悪くなってしまって。アニキがいなくなったあと、しばらくして、ねえさんは老人ホームに入ることになったんや」

「おじいさんのお墓は、どこにあるんですか?」

フレンチブルドッグをつれていってやりたかった。おじいさんが亡くなったときにブルがいなくなったのは、おじいさんを捜《さが》そうと家を出たのかもしれない。

「ちょっと遠いところになるんや。わたしも、いくのがたいへんでな」

父さんがいった。「おじいさんのところへは、また今度いけばいいだろう。奥《おく》さんの老人ホームも遠いんでしょうか?」

「それはそんなには遠くない。駅から出ている路線バスでいけるところやからね」

陽太はいった。「会いにいってもいいですか?」

「そりゃ、ええよ。でも……」おじいさんの弟は言葉をにごした。

「もう寝《ね》たきりになっておられるんでしょうか?」と父さん。

おじいさんの弟は首を横にふった。

「じゃ、つれていってもいいですか?」陽太はフレンチブルドッグを見ていった。

「ええと思うよ。けど、本人のほうがおぼえているかなあ。いや、たまにいろいろ思い出すこともあるんや。でも、昔のことばかりで。ふたりは若《わか》かったころにも犬を飼っていたんや。捨《す》てられていた雑種のな。この犬のことはどうやろう……。アニキが亡《な》くなったこともわからんし」

おじいさんの弟は老人ホームのある場所を教えてくれたが、なんとなく気が重そうだった。

「おじいさんのところはすぐにはいけなくても、おばあさんのところにはいってみたいです。いえ、ぜったいにいきたいです」

陽太はいったあと、フレンチブルドッグに話しかけた。「会いたいだろ? いっしょにいこう。ぼくも会いたいもの」

飼い主のいた家をあとにして帰る途中《とちゅう》、陽太は父さんに言った。

「さっきの家のまえを歩いたことがあったんだ。だけど、ぼくが気づかなかっただけかもしれないけど、こいつのようすはいつもと変わらなかった」

「陽太、そうやって自分を責めることはないよ」

陽太はだまってうなずいた。

もしおじいさんがまだ生きていて、ブルがぶじ帰り、そのあと散歩で陽太の家のまえを通ったとしても、やっぱり立ち止まることはないのかもしれない。陽太とすれちがっても、知らん顔をして通りすぎるのかもしれない。

しばらくして父さんが、名前はどうする？　と聞いてきた。

「いつまでも名なしのままじゃな。もちろんペロでもいいけど、もとの飼い主がつけた名前に、こだわることもないだろ。陽太が好きな名前にすればいい」

心のなかで陽太は、フレンチブルドッグをフレンチブルとかブルと呼《よ》んでいたけど、それは名前という感じじゃない。でもブルと呼ぶときは、親しい友だちを呼ぶような気もちがした。「ブル」でいいのだろうか。

「……よくわからないよ、名前なんてつけたことないし。もとがペロなら、それでもいい気もするし……。そうだ、まえに古墳《こふん》の近くで会ったおばさんに聞いたんだけど、肥《こえ》だめに落ちたら、名前を変えなきゃいけないんだって。なぜそんなことするんだろうね」

「なぜなんだろうね。よごれてしまった服といっしょに名前も捨《す》てて、新しくしたほうがいい、ということかな。しかし、肥だめとはなつかしいな。といっても、父さんも話に聞くだけで、実物は見たことないんだけどね」

「こいつは肥《こえ》だめに落ちたわけじゃないけどね」

「じゃ、名前のことはゆっくり考えたらいいよ。陽太はどう思っているのか知りたくて、きいただけだし。それから認知症《にんちしょう》のことだけどね、きっとよく知らないと思うから、ちょっと話しておく。病気が進行すると、周囲の親しい人のことも、自分の名前まで、忘《わす》れてしまうんだ。陽太が会いにいっても、おばあさんもそうなっているかもしれない」

「この犬のこと、おぼえててくれるといいな」

「でもね、名前をおぼえていようがいまいが、おばあさんはおばあさんだ。ペロの名前が出てこなくても、ペロはペロなんだし……。じゃ、次の休みの日に、いっしょにいこう」父さんがいった。

「だいじょうぶだよ、ぼくひとりで。あ、ひとりじゃないけど」

フレンチブルドッグと歩いていたとき、知的障害《しょうがい》のある若者《わかもの》たちと、道ですれちがったことがあった。車いすに乗っている人もいたけど、自分の足で歩いている人もいた。

みんな、陽太のつれているフレンチブルドッグに興味を示して、車いすから手をのばしてきたりした。フレンチブルドッグも耳をたおして近づき、うれしそうにしていた。

「犬だ、かわいいね」という声が若者たちのあいだから聞こえると、陽太の顔も自然とほころんだ。

いままでは、ひとりでいるとき障害《しょうがい》を持つ人たちとすれちがうと、よけるようにして通りすぎていた。でもフレンチブルドッグといると、ちがった。その人たちが犬をこわがったらどうしようかとちょっと心配だったけど、車いすの人も目を輝《かがや》かせて、犬が近づいてくるのを待っていた。

その何日かあと、ブルと奈良《なら》公園を歩いていたとき、車いすに乗ったお年よりがたくさんいるのにも出会った。自分で歩いている人もいたけど、介護《かいご》の人たちもいっしょだった。お年よりたちは病気には見えないが、元気そうにも見えず、ほとんど全員がぼんやりとした顔をしていた。「認知症《にんちしょう》」という言葉が観光客のあいだから聞こえてきた。老人たちの車いすを、少し邪魔《じゃま》に思っているようだった。

でも陽太は、老人たちをよけようとは思わなかった。知的障害のある若者たちとの出会いで、ちょっぴり変わったのかもしれない。お年よりたちもフレンチブルドッグに手をのばしてくれたらいいのに、と思った。

けれどフレンチブルドッグがうんこをし、かたづけたりしているうちに、老人たちはホームのマイクロバスに乗ってしまった。

車いすの老人たちとふれあうことはできなかった。次に会ったら、近づいてみよう。笑顔になってくれたらうれしいし。

たぶんこのことがなければ、老人ホームを訪《たず》ねてみようという気もちにはならなかったかもしれなかった。


翌日《よくじつ》、陽太は父さんがまえに買ってくれたキャリーケージにフレンチブルドッグを入れて、バスに乗った。キャリーに入れれば、バスにも乗せてくれるのだ。

ポケットには、川島さんからの短い手紙があった。家を出るとき、ポストに入っているのを見つけたのだ。読んだあと、マンションにいってみたけど、川島さんはるすだった。

お父さんはいたので、もとの飼い主のおじいさんのこと、これからおばあさんの老人ホームにいってみるつもりだということを話した。


ごめん。

佐久良《さくら》くんは、ウソをついたわけじゃなかったんだよね。

こないだはついあんなこといって、ほんまにごめん。

たくさん歩いて、飼い主を捜《さが》していたのに、あんなこといって……。

わたしが、かんちがいしただけ。

見つかってよかったね。

久留實《くるみ》

バスは、こんでいた。立って足もとにキャリーをおいた。

いすにすわっていたおばさんが話しかけてきた。「犬？　それとも猫《ねこ》？」

「犬です」

「鳴かないね」

「あまり鳴かない犬種なんです」

「ちゃんとしつけしてる飼い主さんがえらいんや。どこかへお出かけ？　ハイキングかな？」

陽太はうれしくなった。ちゃんとしつけをしてくれた飼い主のところへいくのだ。

陽太はフレンチブルドッグに話しかけた。「いいところだよね」

市街地をすぎると、乗客は急にへった。

陽太は座席《ざせき》にすわり、キャリーの窓《まど》から外を見せてやった。フレンチブルドッグは流れる景色《けしき》をじっと見ていた。そのあと、まわりに人がいなくなったから、ほんとうはダメなんだろうけど、外に出してやった。フレンチブルドッグは窓のへりに前足をかけて、ガラスに顔をくっつけた。

小さいとき、自分もそうやって電車やバスの窓から外を見たことを、陽太は思い出した。

ねえ、おまえ、人間に生まれたかったか。人間なら好きなところに自由にいけるし。

でも、受験があったり、宿題もしなきゃならなくて、たいへんだよ。

だけど、もしおまえが人間だったら……ぼくはもっと楽しかったかな……？

フレンチブルドッグは窓の外の森を見ている。陽太もフレンチブルドッグの立った耳のあいだから、流れていく森を見ている。

陽太は犬と同じものを見ていることに、胸《むね》が熱くなる。人間だとか犬だとかいったちがいなど、どうでもよくなる。同じ景色や時間をともにしていることだけで、じゅうぶんだと思う。

きっとおまえは犬でいることで、じゅうぶんしあわせなんだよね。

ぼくはおまえといられて、よかったと思うよ。ありがとう。ここにいてくれて。

バスはすんだ川と平行する道に出た。川の流れをさかのぼるように、山を登っていく。

ホームレスがいっていた、「流れに乗せられるな。自分で泳げ。行き先なんかどこだっていいから。自分でやったということがだいじなんだぜ」という言葉を、陽太はまた思い出していた。

あのホームレスに、また会う日がくるだろうか。もう一度会えたらお礼をいおう。あの人も、この犬を大切にしてくれたひとりなのだ。

バスがついに老人ホームのまえに止まった。乗客は陽太たちだけになっていた。山のなかのホームは緑にかこまれていて、敷地《しきち》が広く、見晴らしもよかった。奈良《なら》の町は見えないが、茶畑や田んぼ、そして小高い山にかこまれている。奈良の市内からは山をいくつかこえたところなのだ。ハイキングにはぴったりの場所だ。でも、いい天気なのに、だれもいない。

受付で飼い主のおばあさんのことをたずねると、おじいさんの弟から電話があって、事情は聞いてます、といってもらえた。スタッフがおばあさんを呼《よ》びにいった。陽太はどきどきして、リードを持つ手に汗《あせ》がにじみだした。

スタッフがもどってきて、いった。「ごめんなさい。戸山安子《とやまやすこ》さんは今日、みなさんといっしょに、ホームの車でお花見にいらしたようなんです。一時間くらいでもどられる、ということなんですけど」

「じゃ、待ちます」

陽太は建物から広い庭に出た。花壇《かだん》や農園があり、噴水《ふんすい》のある池もあった。

ふいに、フレンチブルドッグがリードを引っぱった。初めていっしょに歩いたときのような、強い力だった。思わずはなしそうになり、両手でしっかりとつかむ。フレンチブルドッグはぐいぐい引きつづける。

噴水《ふんすい》から噴《ふ》きあがる水のカーテンの向こうに、車いすに乗ったまっ白な髪《かみ》のおばあさんが介護《かいご》士《し》といるのが見えた。

と、フレンチブルドッグがほえた。

カウッ、カウッ。

カウッ、カウッ、カウカウカウッ。

よく聞く犬の声とはちがっていた。低く、短く、鳥に似《に》ているような声だった。短い鼻のせいだろう。

フレンチブルドッグはいままで、すれちがった犬にほえられても、知らんぷりをしてほえ返さなかった。フードを食べさせると、よだれをたらして、ウウッとあまえた声で鳴くことはあった。でも、だれかに向かってほえるのを聞いたのは、初めてだ。

その声がひびくたびに、陽太はまるで地面がゆれているように体が大きくふるえた。

おばあさんと介護士《かいごし》が陽太たちのほうを見た。フレンチブルドッグは耳を体にくっつくほどぴったりたおして、近づいていこうとした。

「安子《やすこ》さん、ワンちゃんだよ」介護士がおばあさんに話しかけた。

飼い主だったおばあさんの名前にまちがいなかった。

「戸山《とやま》さんなんですか。お花見にいったんじゃ……？」

「その予定やったけど、なんだかいきたくない、っていわはってね。お孫さん？」

陽太は首を横にふった。「けど、この犬は、おばあさんが飼っていた犬なんです。ずっと迷子になってたんです。ぼくがあずかってました」

「安子さん、ワンちゃん、おぼえてる?」介護士はいった。

フレンチブルドッグはうしろ足で立ち、おばあさんのひざに前足をかけた。

おばあさんは何度もうなずいた。しわの多い口もとに笑みが広がり、目はたくさんあるしわにうもれるように細くなった。

「安子さんが飼っていたのよ。会いにきてくれたんだって」

おばあさんはうなずき、手を出した。フレンチブルドッグは体いっぱいに興奮《こうふん》をあらわして、おばあさんのしわだらけの手をなめた。

「そうかそうか、よしよし、よしよし」おばあさんは、白い細い手で犬の頭をゆっくりとなでている。

「きたのかきたのか、ありがとうありがとう」弱々しかった声も、ひとことというたびに強くなってきた。

「あのね、安子さん、この男の子がね、つれてきてくれたのよ」

「ありがとうありがとう」

おばあさんは何度もいった。声はすっかり元気になっている。おばあさんは陽太のほうに両手をのばした。陽太はその手をにぎった。しわしわの手には力はなかった。フレンチブルドッグは、おばあさんの手の甲《こう》をしきりになめている。おばあさんの手がつやつやしていくのを見ると、陽太は泣きそうになった。

「安子さん、よかったねえ」

陽太は泣くのをこらえていった。「おばあちゃん、ちょっといっしょに散歩しませんか」

「いいねえ、安子さん」

陽太は車いすのおばあさんと介護士《かいごし》のとなりを、フレンチブルドッグをつれて歩きだした。

庭には桜の木もあった。まだところどころつぼみのままの木もあるが、太くりっぱな木は、もう満開だった。

「安子さん、ほら。きれいねえ。桜やで、春やで。もう三月も終わりや。もうすぐ四月。始まりの月や」介護士が花を指していうと、おばあさんはうなずいた。

介護士は風で花ごと落ちたばかりの桜を拾うと、陽太にわたし、おばあさんの髪《かみ》につけてあげて、と身ぶりでいった。

おばあさんの、ところどころ地肌《じはだ》がのぞくうすくなった白髪《しらが》に花をつけると、おばあさんの顔も桜色になったように見えた。フレンチブルドッグの頭にも花びらをおいてやったが、ブーッと鼻を鳴らして匂《にお》いをかごうとして、すぐに地面に落としてしまった。そして、ぺろっとなめた。

「あ、ぺろっと食べちゃった」介護士がいった。

陽太はにやりとした。「ペロっていう名前なんです。おばあさん、ペロだよ、ペロ」

おばあさんは何度も深くうなずいた。

「おじいちゃんとペロと、いっしょに散歩したんだよね」陽太はフレンチブルドッグをだきあげ、おばあさんに顔がよく見えるようにした。

「そうかそうか」

おばあさんは、初めてそこに犬がいることに気づいたみたいに犬の顔を見、前足をなれた手つきでつかむと、花の匂《にお》いをかぐみたいに肉球《にくきゅう》を鼻に近づけ、目を細めた。

「いい匂いだいい匂いだ。たくさん歩いたんやね。また歩いておいで」

フレンチブルドッグとおばあさんはおたがいの顔を、鏡でも見るようにじっと見ていた。

日が雲にかくれ、少し肌寒《はだざむ》くなってきたので、介護士が、おばあさんにはそろそろなかに入ってもらう、といいだした。

犬はなかに入れない。

陽太はおばあさんにいった。

「おばあちゃん、元気でいてくださいね。ペロといっしょに、またきますから」

陽太は、ペロという名前をひときわ大きな声でいった。

「ありがとうありがとう。おおきに、ありがと。いつもすまんな。いつもきてくれてすまんな」

……いつもってわけじゃないけど、と思いながら、陽太は手をふった。

やっぱり、だれなのかわかっていない。たぶん犬のことも、自分が飼っていた犬だとはわかっていない。さびしかった。病気や年をとることは、さけられないとわかっていても。

でも、たとえ忘《わす》れていても、おばあさんが喜んでいたのはほんとうだ。

陽太は母さんのことをおぼえていない。でも犬とふれあったり、母さんの本を読んだり、母さんのいた町を歩いたりするうちに、母さんの気もちがわかってきた気がした。おぼえていなくても、思いがつながったと感じた。

リュックからメモ帳をとりだして、おばあさんに会ったことを書こうとしたとき、植えこみのまえに川島さんが立っていることに気がついた。お父さんから話を聞いて、ひとりでバスに乗って追いかけてきてくれたのだろう。フレンチブルドッグは川島さんのほうに、はねるように歩きだした。

「ごめんね、ウソつきなんていったりして。お父さんにぜんぶ聞いた」

「ぼくが、ちゃんとうちあければよかったんだ」

「いえなかった気もちは、わたしにもわかるから」

「……ありがとう」

「でも、よかった。ちゃんとおばあさんに会えたんでしょ。佐久良《さくら》くんががんばったからよ」

陽太たちがおばあさんといっしょにいるのを、川島さんは、はなれたところからずっと見ていたらしい。

そのとき、さっきの介護士《かいごし》が息を切らして走ってきた。「よかった、まにあった。もう帰ってしまったかと思った」

「どうもありがとうございました」

「安子《やすこ》さんは、とても喜んでいたよ。昔ね、子どものための駄菓子屋《だがしや》さんをやってはったんやて。もう三十年くらいまえ。そのときの子どもがきてくれた、と思っているみたい。せっかくきてくれたのに店は今日休みやからな、と残念がってた。今日はおっちゃんが出かけているから、店を開けてないんや、と」

介護士は色あせたカラー写真を手にしていた。飼い主だったおじいさんとおばあさんの、あの家の一階のシャッターが開《あ》いている。アイスクリームの冷蔵庫《れいぞうこ》が見え、駄菓子やくじ引き、ブロマイド、花火といったおもちゃが、店のなかにところせましと並《なら》んでいた。半ズボンをはいた男の子や、短いスカートの女の子が、たくさんいた。いまよりずっと若《わか》いおじいさんとおばあさんもいる。おばあさんは髪《かみ》が黒い。ふたりとも、にこにこしている。写真から、笑い声や子どもの声が聞こえてきそうだ。

陽太は、この店があるころに生まれていれば、自分もこのなかにいたかもしれない、と思った。

「それからおばあさんが、あなたにこれをあげて、っていわれてね」

ひものついた小さな鈴《すず》だった。ゆすると、かわいらしいなつかしい音がした。古い鈴らしく、ところどころがはげていて、形も少しゆがんでいる。

「この犬がつけていたんでしょうか？」陽太は思わず聞いた。

「それはわからない。あの男の子にあげてって、それだけ。わたしが知ってるかぎりでは、これはおばあさんの鍵《かぎ》についていたの。家の鍵よ。おじいさんが入院中に、おばあさんが使っていたの。おばあさんがショートステイするので家までむかえにいったことがあって、その鈴のついた鍵を使ってはったよ」

鍵はまだ使うんじゃ、と陽太はいいかけて、やめた。「おばあさんは、もうあの家に帰ることはないんですね」

「そうね。ここがおうちになるわね」

「おばあさんに、ありがとうと伝えてください。またきます。必ずきます」

陽太は鈴をにぎりしめて、川島さんとバス停へ向かった。まだ少し時間があったから、緑たっぷりのバス停のそばを散歩することにした。

「奈良《なら》は空気がきれいで、のんびりしている。でも、ここはもっときれいで、時間の流れもゆっくりしているみたいね」川島さんは空気を胸《むね》いっぱいに吸いこみ、いった。

陽太もまねをして深呼吸《しんこきゅう》した。

「おばあさんはおぼえていた？」

陽太は首を横にふった。「でも、喜んでくれた。ぼくはそれだけでよかった。このコもすごく喜んだしね。おばあさんを見たとき、いままで一度も鳴いたことがないのに、鳴いたんだ。あれはきっと、おばあさんを呼《よ》んでたんだと思う」

「えらかったね」

川島さんはフレンチブルドッグの耳にそっとふれたあと、足早に田んぼのあぜ道に入っていき、ふいに立ち止まった。フレンチブルドッグが追いかけていこうとしたけど、陽太はリードを引いた。川島さんの肩《かた》が少しふるえているように見えたからだ。

しばらくして、川島さんはふりむいた。目が涙《なみだ》でぬれているみたいに、ちょっと光っていた。

「あのね、佐久良《さくら》くんに、もうひとつ謝《あやま》らないといけないことがあるの。雨の日に、わたしに傘《かさ》をおいていってくれたことがあったでしょ」

川島さんもあの日のことをおぼえていたのか。聞こえないほうの耳に話しかけたから、気がつかなかったんじゃなかったのか。

「あのときはね、雨がやむときはどうなるのか、見ていたかったの。だから傘を使う気になれなかったの。せっかく貸してくれたのに。いらない、だいじょうぶっていえばよかったのに。でも、ヘンなやつだと思われたくなかったから……」

「ぼくも雨がやむところを見たことがあるよ」

「えっ、そうなの？」

「この犬といっしょにね。それに、ぼくのほうも謝らないといけないことがある」

陽太は川島さんに近づき、リュックを開けた。入れっぱなしにしていた新しいシニヨンをとりだすと、顔が赤くなった。

川島さんは、初めてシニヨンというものを見たように、陽太の顔をまじまじと見た。陽太は早口でいった。

「落としたでしょ？　あのとき傘を使ってくれなかったことにはらが立って、川島さんが落としたのを拾ったのに、わたさずに捨《す》てちゃったんだ。悪いことをしたと思って、あとからゴミ箱を見にいったけど、もうなくなってた。ずっと気になっていて、卒業式にわたそうと思って、新しく買ったんだ」

川島さんは何もいわなかった。聞こえないほうの耳がこちらに向いているのかと思ったけど、ちゃんと聞こえるほうの耳だ。怒《おこ》らせたのだろうかと不安になった。

川島さんは空を見あげて、ゆっくりといった。

「佐久良くん、わたしが、落としたと、思った？」

「え、ちがうの？」

捨てたのだろうか。

「ありがとう。だいじにする」

川島さんは陽太を見て、ゆっくりとほほえんだ。初めて教室で会ったときも、陽太を見てほほえんでくれたけど、まるでちがう笑顔だ。川島さんのほほが桃色《ももいろ》にそまっている。

「いろいろあったけど、わたし、またがんばってみるよ。見てもらいたいな、わたしの踊《おど》るとこ。……でも、中学になったらべつべつやね」

陽太もさびしくなった。中学での生活はどんなふうになるのだろう。でも、転校してきたときの心細さは、もうなかった。家に帰ればフレンチブルドッグが、陽太を待っていてくれる。教室で友だちができなくても、町を歩けば、だれかと会える。

「高校でまたいっしょになれるように、がんばるよ」陽太は胸《むね》をはった。

川島さんはそんな陽太を見て笑うと、フレンチブルドッグにいった。

「がんばるっていってるよ。きっとだいじょうぶよね。でも、しっかり見はっておいてね。遊んでばかりいて、迷子になったりしないように。わたしもがんばるからね。えっと……あなたはペロちゃん、やったかな?」

「そう。でも……」

「えっ?」

「道で会ったおばさんにいわれたんだ。飼い主を捜《さが》すことは、名前を見つけることでもあるよ、って。ぼくは飼い主と、ペロという名前を見つけた。でも、今日からは新しい名前で呼《よ》ぶことにするよ」

ホームレスから犬をあずけられたときの陽太は、とても飼い主になんかなれそうもないやつだった。でも、いまはちがう。

卒業式で卒業証書をもらったときには、卒業した気になれなかった。転校先の学校にちょっとしか通わなかったからか、友だちがいないせいかと思った。でも、卒業式でいわれる卒業と、自分の心のなかで起きる卒業はちがうのだ。

心のなかで起きる卒業は、いつのまにか雨がやんでいるように、ふり返ったときに気がつくものなのかもしれない。フレンチブルドッグと町を歩くうちに、いつのまにか卒業の門をくぐっていたのだろう。陽太はいま、新しい場所に犬と立っていた。

「川島さんはスヌーピーのことを話してくれたよね。名前なんかどうでもよくて、心がつながっていればいいんだって。ぼくもそう思う。大切なのは、心と心のつながりなんだ。だから、ペロでもいいんだけれど、今日からぼくが正式にこの犬の飼い主なんだ。このコをもっともっと大切にしたいから、その約束のしるしに、新しい名前をつけようと思うんだ」

「そうね。もしおじいちゃんちからいなくなったポポが、いまもどこかでだれかに飼われているなら、新しい名前で呼ばれているはず。あのコがしあわせになってくれたら、わたしはちがう名前で呼ばれていても、うれしいもの。……それで、なんて名前にするの？」

「春」というのはどうだろうか。季節が春になっていくころに会い、そしてほんとうに春になり、陽太のうちに正式にくることになったから。

でも、そう思っても、口に出してはいえなかった。

手にした鈴《すず》を見て、鳴らしてみる。

チリ、チリン。チリンチリン。

子どもだった川島さんのお父さんがランドセルにつけていた鈴、母さんが犬のリップの首輪につけた鈴、そして、ペロが住んでいた家の鍵《かぎ》についていた鈴。陽太のなかで三つの鈴がいっしょにひびきあった。

陽太、その名前でいいよ、と鈴の音はいったようだった。

陽太は、春が好きではなかった。

でも、その後、犬と出会い、いっしょに歩くうちに、変わっていった。

春の訪《おとず》れを体で感じながら歩いたことと、飼い主と会う日を待つ思いが重なりあい、春は季節を超《こ》えたものになっていった。

春は新しい世界にふみだす扉《とびら》のようだった。

陽太は犬の名前に、この気もちをきざみ、ずっと忘《わす》れないでいたいと思った。

だから、漢字よりカタカナがいい。「ハル」と聞いた人は、季節のことだと思うだろう。でも、陽太にとっては、もっとたくさんの思いがこめられている。

陽太はフレンチブルドッグのまえにしゃがみ、心で会話するように目を見つめたあと、胸《むね》いっぱいの気もちを言葉に乗せて、いった。

「ハル!」

陽太が呼《よ》ぶと、フレンチブルドッグは首をかしげた。

「おまえの名前だよ」

フレンチブルドッグはまた首をかしげた。

「あなたの新しい名前だって」川島さんがうれしそうにいった。

「な・ま・え。わかるだろ。ぼくは陽太《ようた》。このコは……」

「久留實《くるみ》」

「そしておまえは、ハ・ル」

陽太がいうと、フレンチブルドッグはすっと胸をはるようにして、耳を立てた。

「よし、わかったんだね。じゃ、いこう」

陽太は、まだ何も植えられていないでこぼこの田んぼに走っていった。ハルは四本の足をちょこちょこ動かし、一生懸命《けんめい》ついてきた。

「ハル！」川島さんがあぜ道に立ち、手をふっている。

陽太がリードをはなすと、ハルは川島さんのほうへ駆《か》けだした。川島さんは、たどりついたハルのあごをなでてやった。今度は陽太が呼《よ》んだ。

「今度はこっち。ハル！」

フレンチブルドッグが陽太のところに走ってもどってくる。

陽太はしゃがんで、ハルを待った。走る姿《すがた》がどんどん近くなる。陽太は両手を大きく広げて、犬をしっかりだき止めた。

ハルは短いうしろ足で何度もジャンプし、陽太の顔をなめた。陽太はくすぐったくなって笑い、ハルをだきあげて、空に高く持ちあげた。

舌を出してハアハアと息をしていたフレンチブルは、陽太と目が合うと、口を閉《と》じて神妙《しんみょう》な顔つきになった。

陽太はほほえみ、もう一度しっかりと名前を呼んだ。

あとがき

あなたの家には、犬がいますか?

うちには、六歳《さい》になるフレンチブルドッグがいます。子どものころは、犬や猫《ねこ》といっしょでしたが、大人になってからは初めて飼う犬です。

犬がきたことで、生活が変わりました。

毎日二回以上散歩をします。散歩の途中《とちゅう》で、食料品を買います。犬はコンビニなどに入れないので、昔ながらの店で買うことになります。ひとりだったら、立ちよらなかったような店がほとんどです。店の人は犬に話しかけ、水をくれたりします。ぼくもときどき、店の人と話したりします。

道ですれちがう人が犬に手をさしのばし、かわいがってくれます。ぼくもその人と話します。こわい顔をして歩いている人も、犬の顔を見るとにこにこします。

犬がいなければ足をのばすこともなかった、路地《ろじ》や、公園も歩いたりします。

そういったことはみんな、犬がいるからこそなのだと思います。となりに犬がいるというだけで、こうも町の景色《けしき》や人がちがって見えたり感じたりするのかと、おどろくことが何度もあります。

子どものころのぼくは、どうだったのでしょうか。

当時書いた作文には、犬とあちこち散歩をしたり、スーパーマーケットで、おじさんに犬をかわいがってもらってうれしかった、とあります。

物語のなかにも出てきますが、子どもだけが犬をつれて散歩する姿《すがた》は、いまではほとんど見かけません。時代の変化もあって、いろいろと事情はあるのでしょうけど、ちょっと残念に思います。

犬を飼うというと、大人は、おしっこやうんこがたいへんなので、ダメ、ということがあります。でも、そんなことも、たいして気にならないくらい、いいことがたくさんあります。

この世界は、一見《いっけん》、人間だけが暮《く》らしているように思えます。人間は、主役のような顔をして生きています。でも人間も、動物のなかのひとつです。そんなあたりまえのことに、気づかされることも少なくありません。

だけど、生《せい》ある動物は、いずれ亡《な》くなります。人よりもずっと短い寿命《じゅみょう》で。考えると、胸《むね》が苦しくなります。でも、それもふくめて、いろんなことを教えてくれるのでしょう。
さっき、作文のことを書きました。物語に出てくる作文は、七歳《さい》のときにぼくが実際に書いたものがもとになっています。その作文は、こんなふうにして終わります。

にったくんが　きたとき　でていくと　かばんの　すずが　なって　いた。リップがいるように、おもうよってん、「ならすなよ。」と　おこった。リップの　くびわにすずがついていた。その音をきくと、いつも　犬が　もどって　きたと　思う。
リップが　いないと　さびしくてたまらない。

ぼくはこの物語で、ずっと昔に亡くなった大切な犬を呼《よ》びもどし、「春」に向かって歩きだしたのかもしれません。

二〇一五年十一月　西田俊也《にしだとしや》

【ハルと歩いた】
西田俊也 作

264p、19cm NDC910

ハルと歩いた
2015年12月31日　初版発行
2018年 4 月25日　5 刷発行
作者：西田俊也
装丁：鳥井和昌
フォーマット：前田浩志・横濱順美

発行人：平野健一
発行所：株式会社 徳間書店
〒141-8202 東京都品川区上大崎3-1-1 目黒セントラルスクエア
TEL（03）5403-4347（児童書編集）（048）451-5960（販売） 振替00140-0-44392
印刷：日経印刷株式会社
製本：大口製本印刷株式会社
Published by TOKUMA SHOTEN PUBLISHING CO., LTD., Tokyo, Japan.　Printed in Japan
徳間書店の子どもの本のホームページ　http : //www.tokuma.jp/kodomonohon/

ISBN978-4-19-864069-9